PHILLIPPA
PENN

Der

Blick,

den wir

riskieren

Über die Autorin

Phillippa Penn lebt mit ihrem Mann in einem Blockhaus, umgeben von einem bunt blühenden Garten. Wenn sie nicht gerade einen ausgedehnten Spaziergang macht, kann man sie mit einer dampfenden Tasse Kaffee am Schreibtisch erwischen. Zwei Jugendromane und drei Romanzen für Erwachsene hat sie dort schon verfasst. Mit *Der Blick, den wir riskieren* legt sie ihr fünftes Buch vor.

Erfahre hier mehr über Phillippa:
instagram.com/phillippapenn
phillippapenn.de

Phillippa Penn

Der Blick,
den wir riskieren

Bibliographische Information der Deutschen Nationalbibliothek:
Die Deutsche Nationalbibliothek verzeichnet diese Publikation in der
Deutschen Nationalbibliografie; detaillierte bibliographische Daten sind im
Internet über dnb.dnb.de abrufbar.

1. Auflage
Deutsche Erstausgabe September 2023
© Phillippa Penn
Alle Rechte vorbehalten.

Lektorat und Korrektorat:
Marcel Weyers, marcel-weyers.de
Covergestaltung:
Buchgewand Coverdesign, buch-gewand.de
Unter Verwendung von Motiven von:
Depositphotos.com: slovoslave, Quagmire,
ryanking999, rlhfgraphics

Herstellung und Verlag:
BoD – Books on Demand, Norderstedt

ISBN: 9783756812240

Für alle,
die im Leben
zaubern müssen.

Für alle,
die hinter
die Illusion sehen.

Über dieses Buch

Vielen Dank, dass du *Der Blick, den wir riskieren* liest!
Dieser romantische Kurzroman soll ein Wohlfühlbuch für eine breite
Leserschaft sein. Gleichzeitig ist mir als Autorin bewusst, dass sich nicht
alle Menschen mit den gleichen Inhalten wohlfühlen.

Um dein Leseerlebnis so angenehm wie möglich zu gestalten, folgt hier
deswegen der Hinweis auf potenziell belastende Themen:

- Konsum von alkoholischen Getränken
- Anzüglichkeiten
- Kraftausdrücke
- einvernehmliche, intime Momente
- Verlust, Konflikt und Entfremdung (in der Familie)
- Existenzängste

Diese Liste wurde nach bestem Wissen und Gewissen erstellt;
sie erhebt jedoch keinen Anspruch auf Vollständigkeit.

Ich wünsche dir angenehme Lesestunden!
Deine Phillippa

Prolog – Tricks und Drinks

„Bereit für die letzte Runde?"

Ich weiß nicht, warum ich bei der Frage an meinem dunklen Haar herumspiele. Es ist albern. Genauso wie das Lächeln, das ich meinem einzigen verbliebenen Gast zuwerfe.

Er lässt die Karten, die über seine Finger tanzen, als hätten sie ein Eigenleben, auf den Tisch fallen. Mit einer flinken Bewegung fasst er sie zu einem ordentlichen Stapel zusammen. Seine Augen, mehr golden als braun, flackern zu mir. Ich schlucke nervös, aber da wandert sein Blick schon weiter. Über seine Schulter und durch den leeren Gastraum.

„Oh." Ein Grinsen breitet sich auf seinem Gesicht aus, rückt die Sommersprossen auf den Wangen näher aneinander. „Ihr schließt?"

„M-hm." Ich nicke.

Eigentlich haben wir schon geschlossen. Onkel Willi hat vor einer guten Stunde die Theke aufgeräumt, das Licht der kleinen Leuchtreklame im Fenster gelöscht und mich gebeten, den letzten Tisch abzukassieren, bevor er sich in die Wohnung über der Kneipe zurückgezogen hat.

Ich hätte ihm längst folgen sollen. Längst oben in meinem Bett liegen sollen. Aber ich wollte diesen neuen Gast nicht stören, ihn nicht vertreiben.

Ich wollte ihm noch ein wenig dabei zusehen, wie er am Tisch in der Ecke sitzt und seine Kartentricks übt.

Ich weiß nicht, ob man das, was er da macht, schon Zauberkunst nennt. Aber soweit ich das beurteilen kann, beherrscht er sie gut. Auch wenn er hin und wieder mitten in der Bewegung innehält, die Karten frustriert ablegt und sich die roten Haare rauft.

Eigentlich sind die Momente, in denen er sich verzettelt, sogar die besten. Denn dann nippt er an seinem Glas und wenn er es austrinkt, sucht er meinen Blick und winkt mich zu sich.

Er hat mit Cola angefangen. Nach zwei Softdrinks hat er eine Mischung mit Jack Daniels bestellt. Und dann hat er mich nach einem „Whisky pur" gefragt und ich habe ihm heimlich etwas von unserem besten Tropfen gegeben, den Onkel Willi für besondere Anlässe aufhebt.

Ich glaube, er hat geschmeckt, dass ich ihm keinen 0815-Bourbon serviert habe. Er hat danach eine Zwei-Euro-Münze hinter meinem Ohr hervorgezaubert und ... na ja, ich hatte noch nie Herzklopfen wegen zwei Euro Trinkgeld.

„Letzte Runde heißt also ..." Er sieht mich an und holt mich damit in den Moment zurück. „Ein Getränk kriege ich noch?"

Ich neige den Kopf, ehe ich mich davon abhalten kann. Es ist peinlich, wie übereifrig ich bin. Als wäre ich eine Aushilfskellnerin, die zum ersten Mal einen gut aussehenden Typen bedient – und nicht die vierundzwanzigjährige Nichte des Chefs, die den Kneipenbetrieb besser als alles andere kennt.

Ich sollte ihn einfach abkassieren. Ihm einfach die Rechnung hinlegen und den Laden für heute dichtmachen, aber ... was wenn er nie wiederkommt?

Was, wenn dieser Typ nur einen Zwischenstopp in diesem Nest von einer Stadt macht?

Ich möchte irgendwie noch nicht, dass er geht ...

„Gut, dann ...“ Er leert sein Whiskyglas und hält es mir hin. „Bring mir doch etwas, das du selbst gern trinkst.“ Für einen kleinen Moment erscheint mir sein selbstsicheres Lächeln auch eine Spur nervös. „Vielleicht gleich zwei Gläser, damit du dich zu mir setzen kannst?“

Meine Wangen werden warm. „Du willst mit mir eine Limo trinken?“, frage ich und unterdrücke das Kichern, das mir dabei herausrutschen will.

„Limonade?“ Er lehnt sich in seinem Sitz zurück. „Trinkst du keinen Alkohol?“

„Doch. Manchmal.“ Ich zucke mit den Schultern. „Aber nicht in unserer eigenen Kneipe.“

„Verstehe.“ Er fährt sich mit der Hand übers Kinn. „Zitrone oder Orange?“

„Ähm, wir haben beides da.“ Automatisch greife ich nach der Getränkekarte, die auf dem Tisch liegt, um die entsprechende Seite im Menü aufzuschlagen. „Und auch sowas wie Ginger-Ale oder Tonic ...“

Er legt sachte eine Hand auf meine. Die Berührung prickelt über meinen Handrücken meinen Arm hinauf.

„Ich will aber nicht wissen, was ihr da habt“, sagt er freundlich. „Ich will wissen, was *du* gern trinkst. Welche Sorte magst du am liebsten?“

„Ach so.“ Ich räuspere mich und spüre die Röte, die mein Gesicht jetzt zum Glühen bringt. „Ähm ... Orange.“

„Tatsächlich?“ Er zieht seine Finger zurück. „Du gehörst also nicht zur Fraktion Sauer-macht-lustig?“

„Nein.“ Ich beiße mir auf die Lippe, um nicht zu grinsen.

„Man muss sich schon ein bisschen mehr anstrengen, um mich zum Lachen zu bringen. Ein Getränk reicht da nicht."

Er fährt sich durch sein Haar. „Ist das eine Herausforderung?"

„Vielleicht", sage ich und riskiere einen kurzen Blick in seine Augen. Im warmen Licht der Tischleuchte glänzen sie wie Bernstein.

Er zwinkert mir zu. „Dann werde ich mir mal Mühe geben."

1 – Bernstein

Dass es ein Fehler war, weiß ich in dem Moment, in dem ich die Augen öffne. Ich blinzele gegen das hereinfallende Licht der Morgensonne, doch es ist nicht ihr Blenden, das mich geweckt hat.

Nein.

Es ist dieser durchdringende Blick aus zwei hellbraunen Augen. Bernsteinaugen. Whiskyaugen. Augen, die mich jetzt gerade, in diesem Moment, nicht ansehen sollten, denn ...

Ich sollte gar nicht hier sein.

Nicht in diesem Bett.

Nicht neben diesem Mann.

„Guten Morgen, Schönheit", sagen die Lippen, die zu den Augen gehören.

Und ein Ruck geht durch meinen Körper.

Bevor mich die Hand, die er nach mir ausstreckt, berühren kann, bewege ich mich rückwärts. Meine Beine verheddern sich in der dünnen Bettdecke und ich falle mitsamt dem Laken von der Matratze.

„Au", fluche ich und halte mir den Kopf. Der Hartholzboden wird seinem Namen gerecht.

„Bist du okay?" Er beugt sich über die Bettkante.

Rotes Haar fällt ihm in die Stirn und eine silberne Kette baumelt von seinem mit Sommersprossen gesprenkelten Hals.

„M-hm", murmele ich und verziehe das Gesicht.

„Willst du nicht ..." Er bietet mir seinen Arm an. „Wieder zurück ins Bett kommen?"

„Nein!" Ich richte mich umständlich auf. „Nein, danke. Lieber nicht."

Als ich mich auf wackeligen Beinen im Zimmer umsehe, vermeide ich es, ihn anzusehen. Doch sein Grinsen kann ich förmlich hören.

„Das klang gestern Nacht aber noch ganz anders", sagt er mit einem amüsierten Schnauben. „Eher so: *Ja, ja, ja!*"

Die Art, wie er mit rauer Stimme mein Keuchen nachahmt, treibt mir die Röte ins Gesicht.

„Das war gestern." Ich lese einen Strumpf vom Boden auf und ziehe meine Unterwäsche unter einer achtlos hingeworfenen Jeans hervor. „Heute ist heute."

Er wirft sich in die Kissen. „Heute ist heute", wiederholt er seufzend. „Na gut. Soll ich dir dann *heute* einen Kaffee machen oder möchtest du lieber sofort davonlaufen?"

Ich entdecke mein Kleid auf einem Stuhl am Fußende des Betts. „Ich würde gern kurz ins Bad", sage ich, schnappe mir das Kleidungsstück und drücke es zusammen mit den anderen Einzelteilen meines gestrigen Outfits an meine Brust. „Wo ist das?"

Er sieht mich an, lässt sich aber Zeit mit seiner Antwort. Sein Blick wandert über mich, streift über meine nackte Haut und ein Prickeln folgt der Hitze seiner Augen.

Es elektrisiert meinen ganzen Körper.

Ich schüttele das verlockende Gefühl ab und schlucke.

„Wenn du es mir nicht sagen willst, werde ich es eben selbst herausfinden."

Sein „Hey, warte mal" überhöre ich. Stattdessen schreite ich entschlossen zur Zimmertür, drücke mit dem Ellenbogen die Klinke herunter und trete in einen schmalen Flur. Drei Türen gehen davon ab. Eine, direkt vor mir, hat einen kleinen Glaseinsatz im oberen Drittel und Lüftungsschlitze in der Nähe des Bodens. Ohne groß nachzudenken, gehe ich hindurch und stehe ...

... in einer Küche.

Wo sich ein junger Mann mit den gleichen kupferroten Haaren wie mein Bettgefährte gerade einen Kaffee einschenkt. Als er mich sieht, verfehlt er seine Tasse und schüttet die heiße Flüssigkeit über seine viel zu große Anzughose.

„Scheiße!" Hektisch stellt er die Kanne zurück in die Filtermaschine und schüttelt sein Hosenbein. „Verdammt!" Der Blick, mit dem er mich anfunkelt, hat keine Wärme. Keinen Bernstein. Keinen Whisky. Nur ein finsteres Braun. „Was zur Hölle?", fährt er mich an.

„Morgen, Bertie."

Ich habe kaum realisiert, dass ich zurückgewichen bin, da pralle ich in einen warmen Körper. Ich schaue hoch – in das bekannte Gesicht mit den freundlichen Augen. Seine Mundwinkel zucken, als könnte er sich ein Lachen kaum verkneifen.

„Du hast da was auf der Hose, Brüderchen." Er schiebt mich sachte zur Seite und stellt sich zwischen mich und den Typen namens Bertie. „Solltest dich lieber noch mal umziehen. Mit so einer Sauerei kannst du doch nicht ins Büro, Albert. Wie sähe das denn aus, an deinem ersten Tag?"

„Sehr witzig, Arschloch", keift Bertie. Oder Albert. Oder wie auch immer der aufgebrachte Kerl heißt, in dessen Küche ich – übrigens noch immer splitternackt – stehe. Er stellt die halb volle Tasse mit dampfendem Kaffee ab und zwängt sich an uns vorbei. „Du bist ..." Bertie funkelt meinen One-Night-Stand an. Dann wandert sein Blick zu mir und er zieht die Nase kraus. „Niveaulos. Einfach niveaulos."

Ich möchte zurück funkeln, ihm etwas ähnlich Herablassendes entgegenwerfen, doch im nächsten Moment hat Bertie den Raum verlassen und die Tür hinter sich zugeknallt.

„Sorry dafür ..." Eine warme Hand streicht mir beiläufig über den Kopf. „Mein kleiner Bruder ist ein verklemmter, arroganter Scheißer."

In Shorts, die den Blick auf seine tätowierten Waden freilassen, und einem verwaschenen, grauen Oberteil stellt sich mein Fehltritt von letzter Nacht an die Küchenzeile.

„Bertie wird jetzt wahrscheinlich eine Runde im Bad schmollen und versuchen, den Stock aus seinem Hintern zu ziehen", sagt er, greift sich die verwaiste Tasse vom Küchentisch und zwinkert mir zu. „Hättest du jetzt vielleicht doch gern einen Kaffee?"

„Ich, ähm ..." Ich trete von einem Fuß auf den anderen. „Ich würde mich gern erst einmal anziehen."

„Bitte, tu dir keinen Zwang an." Er lehnt sich an den Kühlschrank, nimmt genüsslich einen Schluck Kaffee und sieht mich auffordernd an.

„Kannst du dich vielleicht umdrehen?" Ich hebe eine Augenbraue.

„Ernsthaft?" Er verschluckt sich beinahe. „Ähm ... Also ... Ich dachte nicht, dass ich dich daran erinnern muss, aber ... wir hatten letzte Nacht Sex."

14

Ich verdrehe die Augen. „Ich weiß."

„Ich habe dich nackt gesehen", sagt er.

„Ich weiß", wiederhole ich etwas ungeduldig.

Er macht eine Geste, als würde er mich in einer Pirouette drehen. „Ich habe dich aus *diversen Winkeln* nackt gesehen."

Ich bleibe unnachgiebig. „Und?"

Er sieht mich lange an.

„Okay. Wie du willst!" Kopfschüttelnd dreht er sich um und sieht – vermutlich – aus dem Fenster, das nur mit einer schmalen Scheibengardine vor neugierigen Blicken schützt.

Ich werfe meine Kleidung auf den Küchentisch, schlüpfe schnell in meine Unterwäsche, dann in mein Strickkleid. Als er einen verstohlenen Blick über seine Schulter wirft, bin ich gerade dabei, den zweiten Overknees-Strumpf mein Bein hinauf zu ziehen.

„Hey! Ich habe gesagt, nicht gucken!", weise ich ihn zurecht.

„Nein. Genau genommen ..." Er grinst mich an. „Hast du nur gefragt, ob ich mich umdrehen *kann*. Und das *kann* ich." Er wendet sich mir zu. „Sogar in beide Richtungen."

Ich hocke mich auf einen der Esstischstühle. „Du hältst dich für sehr amüsant, oder?"

„Nein." Er setzt sich zu mir an den Tisch. „Ich *bin* sehr amüsant."

Ich wiege meinen Kopf. „Und so bescheiden."

„Tja, was soll ich sagen? I have it all." Er nippt zufrieden an seiner Tasse.

Ich möchte nicht grinsen, aber der Schalk in seinen Augen ist so ansteckend, dass ich meine Lippen nicht davon abhalten kann.

„Aaaah, endlich", freut er sich. „Ein Lächeln von meiner Prinzessin."

Seine *Prinzessin?*

„Gewöhn dich nicht daran." Ich zupfe mein Kleid zurecht. „Also, was ist jetzt mit dem Kaffee?"

„Kommt sofort!" Er springt von seinem Stuhl auf und geht zum Küchenschrank. Groß wie er ist, wundert es mich, dass er sich nach der Tasse im obersten Fach strecken muss. Die Bewegung hebt den Saum seines Shirts an und ich entdecke kleine, rote Streifen an seinem unteren Rücken.

Kratzspuren.

Meine Kratzspuren.

Ich möchte im Boden versinken und kann gleichzeitig nicht verhindern, dass sich Eindrücke der vergangenen Nacht in mein Bewusstsein drängen: Seine warme Haut auf meiner. Sein Raunen in meinem Ohr.

Mir wird ganz fiebrig, wenn ich daran denke.

Aber ... Ich sollte nicht daran denken.

Ich *darf* nicht daran denken.

Das hätte nie passieren dürfen.

„Hier." Er stellt einen dampfenden Becher vor mir auf den Tisch. „Ich habe sogar die perfekte Tasse für dich."

„Danke." Ich schiele zu dem Porzellan, das mit üppigen, bordeauxroten Blüten bemalt ist.

„Komm schon!" Er stemmt die Hände in die Seiten. „Ist das nicht wenigstens einen kleinen Applaus wert?"

Ich schaue ihn an. „Applaus?"

„Na, für die Blumen." Er nickt in Richtung meiner Tasse, bevor er einen Schluck aus seiner eigenen nimmt. „Da sind Dahlien drauf! Passend zu deinem Namen: Dahlia."

„Das ist doch ..." Ich erröte. Irgendetwas an der Art, wie er meinen Namen ausspricht, bringt mein Herz zum Pochen und meinen Bauch zum Kribbeln. „Das ist doch sicher nur Zufall!"

„Zufall?" Er grinst. „Oder *Zauberei*?"

Ich schnaube. „Ziehst du als Nächstes wieder eine Münze hinter meinem Ohr hervor?"

„Eine Münze?" Er trinkt. „Wow, wenn das alles ist, was du mir nach der letzten Nacht zutraust, habe ich dich ja schwer beeindruckt."

Ich nippe an meiner Tasse. „Sorry, ich wollte nicht deine Zaubererehre verletzen oder so." Es klingt sehr bissig, so wie ich es sage. Und eigentlich hat er mich ja schon fasziniert mit seinen Kartentricks und den anderen kleinen Illusionen. Andernfalls wäre ich wohl kaum in seinem Bett oder an seinem Frühstückstisch gelandet. Aber ich habe das Gefühl, sein Ego kann den kleinen Dämpfer vertragen.

Er sieht mich nachdenklich an. „Wie wär's, wenn ich dir ein bisschen Milch und Zucker herbeizaubere?" Er zwinkert. Wieder so frech, wieder so selbstsicher. „Hilft vielleicht gegen die Morgenmuffeligkeit."

„Danke. Nicht nötig." Beherzt nehme ich zwei kräftige Schlucke aus der Blümchentasse. „Ich trinke ihn immer schwarz. Wie meine Seele."

„Dahlia!" Er tut schockiert. „War das etwa gerade ein Witz?"

Ich zucke mit den Schultern. „Vielleicht."

Er lässt sich zurück in den Stuhl fallen und fährt sich über die Stirn. „Verdammt. Schwarze Haare und ein schwarzer Humor." Seine Augen mustern mich mit einem hungrigen Glanz. „Ich glaube, ich habe mich gerade verliebt."

Ich lasse meine Tasse sinken. Weil ich nicht weiß, wo ich sonst hinsehen soll, starre ich in mein tiefdunkles Getränk. „Mach dich nicht lächerlich, Max."

„Magnus. Oder Mac", korrigiert er mich. „Aber eigentlich kannst du mich nennen, wie du willst, Prinzessin."

Mein Herz rast bei seinem anzüglichen Tonfall. Aber ich schaffe es, Haltung zu bewahren und entschieden den Kopf zu schütteln. „Ich bleibe bei Magnus. Und du bleibst bei Dahlia."

„Na gut." Magnus lehnt sich über den Tisch, hebt mein Kinn an und sieht mir direkt in die Augen mit seinem Bernsteinblick. „Wie du willst, Dahlia."

2 – Regeln und Reue

Ich hole Luft, bevor ich die gusseiserne Klinke auch nur berühre. Seufzend schaue ich an der Hausfassade hinauf. Das alte Fachwerk scheint mich anzuklagen. Als wüsste es ganz genau, wo ich gerade noch war. Als wüsste es ganz genau, dass ich gegen die Regel verstoßen habe.

Tief durchatmen.

Vielleicht ist er noch gar nicht wach.

Vielleicht ist ihm nicht aufgefallen, dass ich heute Nacht nicht hier geschlafen habe.

Die schwere Eichentür quietscht, als ich sie aufwuchte, und das nächste Geräusch ist prompt das, vor dem ich mich am meisten gefürchtet habe: Onkel Willis Stimme.

„Na, wer kommt denn da?", fragt er, ohne aufzusehen. Er wischt über die zerlebten Tische, rückt Stühle und Bierdeckelhalter zurecht. „Du hattest gar nicht gesagt, dass du nach dem Abschließen noch einmal weggehst." Erst jetzt fixieren mich seine Augen. Eine Spur von Vorwurf, aber vor allem ein großer Batzen Sorge liegen in seinem Blick. „Wo warst du?"

„Bei Evi", behaupte ich. „Wir haben noch einen Film angesehen und ich habe spontan bei ihr gepennt."

Ich beiße auf die Innenseite meiner Wange und mache mir gedanklich eine Notiz, dass ich, sobald ich kann, meine beste Freundin anrufe, um dieses Alibi zu festigen.

„Bei Evgenia?" Onkel Willi sieht mich prüfend an. „Und da kommst du mit leeren Händen zurück?" Sein Blick wird noch kritischer und ich muss an mir halten, um nicht von meiner Schwindelei abzuweichen. „Wo sind die Dolmades und die Oliven?"

„Ähm ... die ..." Ich huste, um meine Nervosität zu kaschieren. Ich hasse es, ihn anzulügen. „Die waren aus. Der Lieferant ist wohl später dran."

„Später dran?" Onkel Willi runzelt die Stirn. „Schöne Schererei. Wie soll sie den Laden denn halten, wenn sie sich nicht einmal auf ihre Lieferanten verlassen kann?"

„Jaaa." Ich schäle mich umständlich aus meiner abgewetzten Lederjacke und hänge sie an die holzvertäfelte Garderobe. „Ist schon, ähm, ärgerlich."

„Hmpf", macht mein Onkel, schüttelt den Kopf und wandert mit Lappen und Eimer weiter zum Stammtisch. „Es geht bergab ..."

Ich stimme ihm zu. Er hat ja recht.

Evis Feinkostladen, der gegenüber von unserer Kneipe auf der anderen Seite des Marktplatzes liegt, hat zu kämpfen. Genau wie unser Lokal.

Traditionsbetrieb hin oder her: Der urige Gastraum des *Eulenspiegels* hat seine besten Jahre hinter sich. Um uns zu halten, müssten wir dringend renovieren. Aber die letzten Jahre waren so hart wie nie, die Einbußen des Lockdowns haben wir noch nicht wieder aufholen können und jetzt ... Jetzt schlage ich noch aus der Reihe und verstoße gegen unsere eigene Regel.

Ich könnte mich ohrfeigen.

„Ich kann ja später noch mal rübergehen und uns bei Evi was zum Mittagessen holen. Jetzt gehe ich erst einmal kurz duschen." Als ich an meinem Onkel vorbei durch die Tür mit der Aufschrift PRIVAT gehe, vermeide ich es, ihn anzusehen. Mein Blick ist auch noch stur nach vorn gerichtet, als ich die knarzende Holztreppe in unsere kleine Wohnung hochsteige.

„Naaa!" Der Ruf unserer alten Papageiendame erklingt schrill, als ich oben die letzte Stufe erreiche.

„Ich bin's nur, Peggy", murmele ich und werfe dem grauen Vogel oben auf dem Dachbalken einen genervten Blick zu.

„Naaaaaa!", ruft sie wieder. „N-Nichtsnutz. Nichtsnutz!"

„Genau." Seufzend stoße ich die Tür zu meinem winzigen Zimmer auf. „Der Nichtsnutz ist wieder da."

Ich werfe mich auf das Bett, das noch ordentlich mit einem Patchwork-Überwurf bedeckt ist, und fluche dumpf in die Matratze. „Fuck."

Keine Schäferstündchen mit Gästen.

Es ist nur eine Regel und sie ist nicht so kompliziert. Sie ist sogar ziemlich simpel: Schlafe nicht mit jemandem, dem du ein Getränk serviert hast. Man könnte es nicht banaler formulieren. Die Anweisung ist völlig klar.

Und sie hat ihren Grund: Intime Beziehungen mit der Kundschaft haben bei uns schon zweimal zu einem großen Familienkrach geführt. Außerdem machen sie das Geschäft nur komplizierter. Und wir brauchen keine Komplikationen. Aber mal so gar keine. Ich weiß das, nur ...

Nur habe ich mich hinreißen lassen.

Von Magnus' frechem Lächeln. Von den verstohlenen Blicken, von seinen kindischen Zaubertricks und dann ...

Von seinen Worten.

Von seinen Berührungen.

Von seinen Küssen.

Ich drehe mich auf den Rücken und hole tief Luft, denn wenn ich jetzt darüber nachdenke, spüre ich schon wieder die Sehnsucht danach. Und das will ich nicht. Das *darf* ich nicht.

„Nur ein One-Night-Stand", sage ich in einem Tonfall, der mich nicht einmal selbst beeindruckt. Ich muss es mir wohl noch öfter sagen, bis es auch mein Herz versteht.

Weil ich nach der Dusche keine Gelegenheit mehr hatte, um allein zu telefonieren, bin ich um die Mittagszeit erleichtert, endlich rüber zu Evi zu gehen. Die Lüge, die ich Onkel Willi aufgetischt habe, wiegt schwer in meinem Magen. Ich muss meine Freundin unbedingt einweihen, bevor es zu einer Situation kommt, in der sie sich verplappern könnte.

Mit eiligen Schritten haste ich über den Platz zu ihrem Geschäft. „Hi!", rufe ich, als ich etwas außer Atem durch die Ladentür komme.

„Jiássas!", begrüßt sie mich in dem Griechisch, das sie nur für ihre Kundschaft auspackt. Ihr gelockter Kopf schaut hinter einer der niedrigen Regalreihen hervor. „Ach, du bist es nur", fügt sie hinzu.

„Hey, Evi", schnaube ich. „Ich freue mich auch, dich zu sehen."

Sie läuft mir entgegen. „Ach, du weißt doch, wie ich das meine." Wie immer schließt sie mich fest in ihre Arme. „Wie geht's?" Sie lehnt sich zurück, ihre Hände verweilen noch an meinen Schultern während mich ihre großen Rehaugen durch die kugelrunden Brillengläser mustern. „Du siehst ein bisschen abgehetzt aus."

„Na, danke!" Ich strecke ihr die Zunge raus. „Aber, ja, du hast recht. Ich ... ähm ..." Mein Blick wandert durch das Geschäft auf der Suche nach anderen Augen und Ohren.

„Ich muss dir etwas erzählen", füge ich leise hinzu.

Evi runzelt die Stirn. „Was hast du angestellt?"

„Nichts!", antworte ich automatisch, ehe mir einfällt, dass ich ja sehr wohl etwas angestellt habe. „Also ... na ja, doch. Können wir kurz reden?"

„Klar." Sie tätschelt mir den Arm und bedeutet mir, ihr zu folgen. „Ich muss im Lager noch ein paar Sachen auspacken."

Ich nicke und laufe hinter ihr am Tresen vorbei durch einen Vorhang aus hölzernen Perlen. Der Lagerraum liegt im Halbdunkel da; nur das kleine Fenster in der Hintertür und eine schwächelnde Glühbirne an der Decke erhellen das mit Kisten und Fässern vollgestellte Zimmer.

Evgenia dreht eine Holzkiste herum, in der wohl mal Wein oder Olivenöl angeliefert wurden. „Hier, setz dich."

„Danke." Ich setze mich auf das raue Holz.

„Also?" Sie zückt einen Cutter und macht sich an einem großen Karton zu schaffen. „Spuck's aus! Was ist los?"

„Ich habe ..." Ich schließe die Augen, überlege kurz, wie ich meinen Ausrutscher formulieren soll. Ich entscheide mich für die schmuckloseste und ehrlichste Variante: „Ich habe letzte Nacht mit jemandem geschlafen."

Evi hält inne. „Glückwunsch", ist ihre nüchterne Antwort, ehe sie weiter mit der spitzen Klinge durch Klebeband schneidet.

„Nein." Ich schüttele seufzend den Kopf. „Du solltest mich nicht dazu beglückwünschen."

Sie sieht zu mir auf. „War's so schlecht?"

„Nein! Nein, es war ..." Ich erlaube mir, ganz kurz daran zurückzudenken.

An seine kühlen Finger auf meiner erhitzten Haut.

An seine Hände, die mich sorgsam ausziehen.

An seine Augen, die mich ansehen, als wäre ich etwas Besonders.

Ich schlucke hart. „Es war sogar echt ... gut." Meine Wangen werden warm. „Aber es war ..." Ich räuspere mich. „Es war gegen die Regel."

„Die Regel?" Einen Moment sieht sie mich verständnislos an, dann formt ihr Mund den Laut der Überraschung: „Oh! *Die* Regel!" Sie legt das Messer ab. „Oh, oh."

„Ja." Ich beuge mich nach vorn, stemme die Ellenbogen auf die Knie und lasse meinen Kopf in meine Hände fallen. „Du sagst es."

„Weiß Wilhelm schon davon?", fragt sie.

„Nein", murmele ich in meine Armbeuge.

„Hast du vor, es deinem Onkel zu sagen?" Ihre Stimme kommt näher und ich spüre eine Hand in meinem Nacken.

„Nein", gebe ich zurück, das Gesicht noch immer in den Händen vergraben.

„Okay." Evi seufzt. „Und was denkt er, wo du letzte Nacht warst?"

Ich hebe den Kopf und schaue sie durch den Vorhang meiner Haare schuldbewusst an. „Bei dir."

Sie schnaubt. „Natürlich."

„Sorry." Ich beiße mir auf die Unterlippe. „Mir ist kein anderes Alibi eingefallen."

Ihr Blick ist tadelnd, aber liebevoll. „Na gut ..." Leise ächzend erhebt sich sie sich aus der Hocke, in die sie neben mir gegangen ist. „Und was ..." Evi greift sich wieder den Cutter. „Was haben wir hier die ganze Nacht gemacht? Inventur?"

Ich räuspere mich. „Einen Film geschaut."

Sie lacht auf. „Welchen?"

24

„Ähm ..." Ich überlege. „Keine Ahnung."

„Dahlia!" Meine Freundin bläht ihre Nasenflügel. „Was ist das denn für ein schlecht durchdachtes, lahmes Alibi?" Sie wirft ihre Locken zurück. „Echt jetzt, du kannst froh sein, dass du keinen griechischen Vater hast!"

„Onkel", korrigiere ich automatisch.

„Er ist dein *Papa*, das wissen wir doch beide." Sie klatscht in die Hände. „Halt dich nicht an solchen Formalitäten auf. Lass dir lieber etwas einfallen, um deine Lüge glaubhafter zu machen." Die Art wie sie dabei ihren Zeigefinger schwenkt, gibt mir das Gefühl, nicht meine gleichaltrige Freundin, sondern ihre strenge *Giagiá* vor mir zu haben. „Meiner hätte so eine Flunkerei sofort durchschaut."

„Okay, okay." Ich hebe abwehrend die Hände. „Wir haben ... *A Nightmare on Elm Street* gesehen?"

Die Zornesfalte in Evis Gesicht wird deutlicher. „Willst du mich auf den Arm nehmen?"

„Na ja, muss ja irgendwas Gruseliges sein ... Wenn ich mich danach nicht mehr über den Platz getraut habe und bis morgens geblieben bin", verteidige ich meine Wahl.

„Aber Freddy Krueger?" Sie schüttelt entschieden den Kopf. „Warum sollten wir uns den geben? Als Mutprobe? Wir sind doch keine zwölf mehr!"

„Dann eben *Crimson Peak*", schlage ich vor. „Du magst doch Tom Hiddleston."

„Ich *mochte* Tom Hiddleston, als ich siebzehn war oder so ... Außerdem ist der Film nicht einmal richtiger Horror." Sie seufzt. „Vergiss es, deine Vorschläge sind Quatsch. Wenn Willi mich fragt, sage ich, wir haben einen *Bridgerton*-Marathon gemacht."

„Er weiß aber, dass ich nicht auf *Bridgerton* stehe", gebe ich zu bedenken.

„Na und? Ich mag's!" Sie legt den Cutter ab und stemmt die Hände in die Seiten. „Ich sage ihm, du schuldest mir was, denn ..." Ihre vollen Lippen verziehen sich zu einem etwas gemeinen Grinsen. „Wenn ich bei deiner Scharade mitspielen soll, schuldest du mir tatsächlich etwas."

Ich verdrehe die Augen, grinse aber zurück. „Okay, was willst du?"

„Oh, ich will wirklich, dass du mit mir *Bridgerton* schaust. Ich habe keine Lust, diese Regency-Typen allein anzuschmachten." Evi zwinkert mir zu und beginnt Gläser mit Oliven aus dem offenen Karton zu holen. „Und bei der Gelegenheit kannst du mir dann auch alles über deinen One-Night-Stand erzählen." Sie hält inne. „Es war doch ein One-Night-Stand, oder?" Ihr Blick wird mit einem Mal wachsam, wandert über mein Gesicht auf der Suche nach Anzeichen für ... mehr.

Ich versuche, nicht zu blinzeln, um ihrer Prüfung standzuhalten, doch mein Herz pocht spürbar in meiner Brust.

„Natürlich", sage ich mit aller Überzeugung, die ich aufbringen kann.

„Gut." Sie nickt. „Denn diese Regel, die ihr habt, ist wirklich vernünftig." Sie macht sich wieder an die Arbeit. „Wenn man mit seiner Kundschaft anbandelt, kann das ganz schön unangenehm werden."

„Ich weiß", sage ich seufzend. „Ich weiß."

3 – Ein falscher Gast

Gegen fünf Uhr nachmittags füllt sich die Kneipe. Viele der Menschen, die um diese Zeit ins *Eulenspiegel* einkehren, kommen direkt aus dem Büro. Die meisten sind Kolleginnen und Kollegen, die noch ein Feierabendbier trinken, bevor sie endgültig nach Hause gehen. Ich mache die Runde, nehme Bestellungen auf und kehre an die Theke zurück, wo Onkel Willi die Zapfanlage bedient.

„Drei Pils, ein Radler, ein Cola-Weizen, eine Weißweinschorle und eine kleine Spezi", lese ich die eben aufgenommene Order von meinem Block ab.

Onkel Willi nickt und schnappt sich ein Bierglas. „Hast du die zwei an Tisch sechs auch schon?"

„M-hm." Ich lege kurz mein Zeug ab und trete an den Hängeschrank hinter der Bar. „Die haben Kaffee bestellt. Den mache ich schon selber fertig."

Ich hole zwei Porzellantassen aus dem Schrank und greife mir die volle Glaskanne. Unser Lokal ist kein hipper Coffeeshop, bei uns gibt es Kaffee nur aus der guten, alten Filtermaschine, aber zumindest – seit ich Onkel Willi davon überzeugen konnte – mit wahlweise Kaffeesahne oder Hafermilch. Ich befülle schnell ein winziges Kännchen mit Letzterem, stelle alles auf mein Tablett und trage es an den

Tisch, an dem das junge Pärchen sitzt. Ich bin noch am Servieren, als sich die Tür unserer Gaststätte wieder öffnet. Dieses Mal mit lautem Hallo.

Ich brauche mich nicht einmal herumzudrehen, um zu wissen, wer da kommt. Mein Onkel nennt die für gewöhnlich vierköpfige Gruppe nur *die Yuppies*, weil man arrogante Bürohengste zu seiner Zeit so genannt hat.

Ich nenne sie *einen Haufen Arschlöcher*, aber das kann ich ihnen natürlich nicht ins Gesicht sagen. Nicht nur, weil sie Kunden sind, sondern auch, weil sie für die Bank arbeiten, bei der wir in der Schuld stehen.

Seit Monaten ist es ein Kampf, das Geld für unsere Kreditraten zusammenzukratzen, und wegen eines Wasserschadens im letzten Jahr müssen wir uns vielleicht noch um einen weiteren Kredit bemühen.

Die Devise heißt also: freundlich sein.

Oder wie ich es in meinem Kopf formuliere: Kill them with kindness.

Ich setze ein falsches Lächeln auf, hebe mein Tablett vom Tisch und drehe mich zu der Gruppe junger Männer um.

„Hallo, ich bin gleich b..." Das Ende meines Grußes bleibt mir im Hals stecken, weil ich unter den gewohnten Gesichtern noch ein anderes entdecke.

Magnus.

Mein Lächeln gefriert.

Er hat sein rotes Haar zurückgegelt, trotzdem streicht er jetzt darüber, als hätte sich eine Strähne in sein Gesicht verirrt. „Hi", sagt er und in seinen Bernsteinaugen blitzt es.

Ich starre ihn nur an, schaue auf den gelockerten Knoten seiner schmalen, schwarzen Krawatte, das blütenweiße Hemd und den perfekt geschnittenen, blauen Anzug. Sogar die dunklen Slipper, die er trägt, sind blank poliert.

Mir fehlen die Worte. Mein Gehirn scheitert komplett an dem Versuch, den Typen vor mir mit dem Mann von letzter Nacht übereinzubringen.

Gestern saß er hier in Sneakers, abgewetzten Jeans und einem weißen Shirt. Die Spielkarten hatte er aus einer Tasche seiner verbeulten Cordjacke gekramt und später hatte er mit zerknitternden Geldscheinen bezahlt. Er hatte auf eine charmante Art nachlässig gewirkt. Ein Künstlertyp, verspielt, locker und nahbar und ... Jetzt kommt er hier so an?

In so einem Aufzug?

Mit diesen Kerlen?

Soll das auch irgendein Trick oder einfach ein schlechter Scherz sein?

Ich habe es noch nicht geschafft, meiner Entrüstung Ausdruck zu verleihen, da legt sich ein Arm um mich.

„Hey, Dahlia", säuselt eine Stimme in mein Ohr.

Ich winde mich aus der unwillkommenen Berührung. „Kilian", sage ich gefasst. „Geht doch schon einmal an euren Tisch. Ich komme dann gleich."

„Alles klar, Darling", sagt der junge blonde Banker mit diesem schmierigen Grinsen, das ich noch nie leiden konnte.

Ich drehe mich auf meinem Absatz herum und gehe zur Theke, wo Onkel Willi schon die große Getränkebestellung von vorhin aufgereiht hat. Ich packe die Pilstulpen und die Weinschorle aufs Tablett und bringe sie zu den Gästen am Stammtisch. Als ich an die Bar zurückkehre, um auch Radler, Cola-Weizen und Spezi zu holen, stellt sich eine lange, dunkle Silhouette neben mich.

„Eine Frage", sagt Magnus und lehnt sich mit einem Lächeln, das er offenbar für kokett hält, an die lackierte Eichenplatte. „Warum darf Kilian Hartmuth dir einen Kosenamen geben und ich nicht?"

Mein Blick flackert zu ihm, dann zu meinem Onkel, der zum Glück gerade ein paar Schritte entfernt mit dem Spülen von Gläsern beschäftigt ist.

„Er darf es nicht", erwidere ich gepresst. „Er tut es, weil er keine Grenzen respektiert. Wie ein richtiger *Yuppie* eben."

Magnus hebt eine Braue und verzieht amüsiert den Mund. „Ein *Yuppie?*"

„Du würdest wohl ..." Ich überlege kurz. „*Arroganter Scheißer* sagen."

Er lacht. „Ist er das?"

„Kennst du Kilian nicht?" Ich verdrehe die Augen in Richtung der anderen jungen Anzugträger. „Sieht für mich so aus, als wärt ihr ganz dicke Freunde." Beherzt stelle ich die Gläser aufs Tablett, kehre Magnus den Rücken zu und marschiere zum Stammtisch.

Unfassbar.

Hätte ich geahnt, dass er einer von *denen* ist, wäre ich nie auf seine Avancen eingegangen.

Wie konnte ich nur so naiv sein?

Stelle ich bei einem netten Lächeln und ein paar Zaubertricks nun gar nichts mehr infrage? Liegt es vielleicht an den ständigen Übergriffigkeiten im Kneipenbetrieb, dass ich mich bereitwillig auf den Ersten einlasse, der mich mal nicht wie ein Stück Fleisch behandelt?

Ich fluche innerlich, während ich die Getränke am Stammtisch verteile. Dann beiße ich in den sauren Apfel und gehe direkt zu den Gästen, die ich gerade eigentlich am allerwenigsten bedienen will.

„Guten Abend, was darf's sein?", frage ich möglichst nüchtern und starre abwartend auf meinen Block.

„Das Übliche, Dahlia", sagt Kilian großspurig. „Whisky on the rocks."

Ich notiere es, muss dabei aber ein Schnauben unterdrücken. Er ist einer von diesen Typen, die Whisky – egal welcher Art – immer auf Eis nehmen. Was eigentlich nur bedeutet, dass sie keine Ahnung von Whisky haben.

„Jack-Cola", bestellt einer seiner Kollegen. Ein anderer ordert ein Bier.

„Cola light, bitte", sagt dann eine schneidende Stimme, die mich zum ersten Mal von meinem Zettel aufblicken lässt.

Bertie, Magnus übel gelaunter Bruder, der mir heute Morgen nach dem Aufstehen begegnet ist, sitzt auch in der Runde und mustert mich mit einem kalten Funkeln.

Na, bravo. Auch das noch.

Ich versuche, das unangenehme Déjà-vu zu überspielen, schreibe die Diät-Cola auf und nehme noch eine Bierbestellung an. „Das war dann alles?", frage ich den Tisch.

„Ein Adelphi Blended Scotch."

Ich spüre Magnus warmen Atem im selben Moment, in dem ich seine Worte höre.

„Der steht nicht auf der Karte", antworte ich und versuche, die Gänsehaut, die sich in meinem Nacken ausbreitet, zu ignorieren.

„Aber ihr habt ihn, oder?" Er schiebt sich nah an mir vorbei und seine Kumpanen rücken auf, um einen Platz für ihn freizumachen. „Ich glaube, ich habe ihn hier schon einmal getrunken."

Ich werfe ihm einen warnenden Blick zu. Keine Ahnung, woher er plötzlich weiß, welchen Whisky ich ihm gestern serviert habe, aber ich hoffe doch, er behält unseren Flirt und unseren One-Night-Stand für sich.

„Der ist für besondere Anlässe", antworte ich zähneknirschend.

„Ist er das?" Er grinst und fixiert mich mit seinem Blick.

„Dann kann ich mich ja glücklich schätzen, dass ich ihn *beim letzten Mal* bekommen habe."

Er zwinkert mir zu und ich bete, dass es keiner von den anderen am Tisch mitbekommt. Das Letzte, was ich will, ist, dass Kilian und seine schmierige Truppe etwas über mein Sexleben erfahren.

Mein Mund ist staubtrocken.

„Also", krächze ich. „Was darf es stattdessen sein?"

„Oh, ich bleibe beim Adelphi." Magnus schmunzelt. „Ich habe ihn schon beim Wirt bestellt."

Ich reiße die Augen auf. „Was?"

Ich drehe mich zur Bar um, wo Onkel Willi gerade ein Nosing-Glas auf die Theke stellt.

Unglaublich.

Wie hat Magnus ihn dazu gekriegt, ihm diesen Drink auszuschenken? Den teilt mein Onkel sonst nur mit seinen liebsten und loyalsten Gästen.

„Ich ..." Ich ringe um Fassung. „Gut. Dann eben der Adelphi."

Ein paar der jungen Männer am Tisch lachen auf.

Magnus bedankt sich und betrachtet mich mit einem Ausdruck, der Butter zum Schmelzen bringen könnte.

Ich will nicht, dass er mich so ansieht. Möchte nicht dieses Kribbeln spüren, das mir dabei durch den ganzen Körper jagt. Also nicke ich knapp und eile davon.

Man muss mir ansehen, wie aufgebracht ich im Innern bin, denn als ich hinter die Bar komme, erkundigt sich mein Onkel: „Geht's dir gut?" Er tritt näher an mich heran. „Hat sich einer von den Yuppies eine Frechheit erlaubt?"

„Es ist ..." Ich greife nach dem Glas mit Wasser, das für mich neben der Spüle bereitsteht. „Es ist alles in Ordnung. Ich bin nur ein wenig, ähm, müde, schätze ich."

Willi nickt. „Sag Bescheid, wenn es dir zu viel wird, ja? Ich kann Gabi anrufen, damit sie heute früher kommt."

Ich nehme einen Schluck Wasser und lehne sein Angebot, unsere Aushilfe vorzeitig einzubestellen, ab. „Das packe ich schon", sage ich und hoffe, es klingt überzeugend.

Wir stellen gemeinsam die Bestellung für die Yuppies zusammen und mein Onkel trägt sie selbst an den Tisch. Nicht nur, weil er mir die Arbeit abnehmen will, sondern auch, weil es ihm wichtig ist, zu den Typen von der Bank eine entspannte Beziehung zu pflegen. Während ich hinter der Theke etwas klar Schiff mache, höre ich Gelächter von der Gruppe herüberwehen.

Ich seufze.

In solchen Situationen merke ich immer, dass ich vielleicht doch noch nicht bereit bin, Onkel Willis Nachfolge anzutreten. Ich bin nicht gut darin, vor Leuten, die mir unangenehm sind, die fröhliche Gastwirtin zu spielen.

Kerle wie Kilian haben einfach nie gelernt, anständig zu Frauen zu sein. Ihre steilen Karrieren und das Geld, das sie damit machen, blasen ihre Egos noch zusätzlich auf und lassen sie einfach unausstehlich werden. Und ich finde zwischen meinem Ekel und meinem Zorn über ihr Verhalten keinen Mittelweg in Richtung nette Kellnerin.

„Wieso hast du mich eigentlich nicht gleich vorgestellt?", fragt mein Onkel, als er zurück hinter die Theke kommt.

„Vorgestellt?", frage ich.

Willi wirft sich ein Geschirrtuch über die Schulter. „Den Driessen-Jungen. Dieser Magnus meinte gerade, ihr kennt euch schon."

„Driessen?", wiederhole ich und hoffe, dass meine Stimme für meinen Onkel nicht so alarmiert klingt wie für mich selbst. „Hast du *Driessen* gesagt?"

Er nickt nur, während er den Kühlschrank öffnet und wieder schließt. „Die zwei Rotschöpfe." Er reckt das Kinn in Richtung der jungen Männer. „Magnus und Albert Driessen. Diese beiden ..." Er senkt seine Stimme. „Übernehmen mal die Bank vom alten Driessen. Sind jetzt gerade hier in der Filiale, um *Prozesse zu optimieren.*" Mein Onkel seufzt und fährt sich über die Stirn. „Und hoffentlich unseren Antrag abzusegnen." Er lässt den Blick traurig durchs Lokal streifen. Meinen entsetzten Ausdruck quittiert er nur mit einem kraftlosen Schulterzucken, bevor er hinter mir vorbei in Richtung unseres Getränkelagers geht.

Ich sehe ihm fassungslos nach, meine Hände umklammern bebend einen Putzlappen.

Driessen.

Magnus Driessen.

Von der Privatbank Driessen.

Ich schaue zum Tisch der Nachwuchsmanager. Magnus fängt meinen Blick auf und prostet mir lächelnd mit seinem Whisky zu. Ich beiße mir auf die Wange.

Oh, dieser falsche Mistkerl!

Er muss es gewusst haben! Er ist hier gestern reinspaziert und hat sich die Kleine angelacht, deren Familienbetrieb von seiner Bank, seinem Business und seiner Gunst abhängt. Was für eine miese Masche!

Ich wringe den Lappen zwischen meinen Fingern.

Als hätte ich mir wegen letzter Nacht nicht schon genug Gedanken und Vorwürfe gemacht, kriecht jetzt auch noch die Scham meinen Hals hinauf. Ich starre auf meine bleichen Fingerknöchel und fühle mich so benutzt wie der Lumpen in meinen Händen.

So dreist bin ich noch nie aufs Kreuz gelegt worden.

4 – H wie Heuchelei

Ich kehre den ganzen Abend nicht mehr an ihren Tisch zurück, auch wenn Kilian Hartmuth mehrmals explizit nach mir ruft. Onkel Willi sage ich, dass mir ein wenig schwindelig ist und ich lieber hinter dem Tresen bleiben möchte.

Als Gabi zu ihrer Schicht kommt, übergebe ich ihr den Tisch. Unsere etwa vierzigjährige Aushilfskellnerin freut sich, weil die *Jungs von der Bank* (wie sie die Typen nennt) immer großzügiges Trinkgeld geben. Jede unangebrachte Anzüglichkeit der großspurigen Möchtegern-Manager lacht sie mit einer Gutmütigkeit weg, die ich niemals aufbringen könnte.

Obwohl ich mir alle Mühe gebe, ihn zu ignorieren, merke ich, wie Magnus' Blick mir immer wieder folgt. Er kommt sogar ein- oder zweimal an die Bar für einen Refill seines Whisky-Glases, aber ich ducke mich jedes Mal in die Abstellkammer oder gehe schnell den Flur hinter in unser Getränkelager. Keine Chance, dass ich diesem Mann heute noch einmal in irgendeiner Art gefällig bin.

Ich komme gerade – die Hände voller Colaflaschen – aus dem Kühlraum, als ich mich ihm gegenüber wiederfinde. Er steht mitten in dem schmalen Gang, sodass links und rechts von ihm kaum Platz zum Vorbeigehen bleibt.

„Dieser Bereich ist nur für Personal", fahre ich ihn an. „Die Toiletten sind auf der anderen Seite der Bar."

„Ich weiß." Er fummelt an seinem engen Hemdkragen herum. „Aber ich wollte mit dir reden." Magnus fährt sich durchs Haar, bringt Unordnung in seinen glatten Look. „Es kommt mir so vor, als würdest du mir ausweichen."

Seine Augen suchen meine.

Dieses Mal erwidere ich den Blick und ich hoffe, die Feindseligkeit, die darin liegt, kommt an. „Ich arbeite."

Er nickt. „Schon klar, aber ..." Er hat doch tatsächlich die Dreistigkeit, mich anzugrinsen. „Aber gestern hast du auch gearbeitet und ..."

„Gestern war gestern", sage ich mit fester Stimme. „Und heute ..."

„... ist heute", vollendet er meinen Satz. „Ich erinnere mich."

„Glückwunsch. Dann hast du es ja verstanden." Ich gebe einen genervten Laut von mir. „Dürfte ich dann jetzt mal durch?"

Er macht einen Schritt zur Seite.

Ich versuche, zügig an ihm vorbeizugehen, doch genau als ich auf seiner Höhe bin, sehe ich plötzlich einen Arm vor mir und komme abrupt zum Stehen. Magnus hat die Hand ausgestreckt und stützt sich damit an die Wand zu meiner Rechten.

„Entschuldige", raunt er und ist mir plötzlich unheimlich nah. „Warte ... Bitte ... Nur kurz."

Ich spüre mein Herz gegen meinen Brustkorb hämmern. Ich sollte es nicht tun, doch ich drehe ihm mein Gesicht zu.

„Was willst du?", frage ich gereizt. „Habe ich nicht deutlich gemacht, dass letzte Nacht eine einmalige Sache war?"

Mit der freien Hand fährt er sich wieder durch die Strähnen. Die Geste regt mich auf. Ich möchte ihm auf die Finger hauen und gleichzeitig möchte ich meine eigenen Hände in seinem Haar versenken.

„Doch. Definitiv." Sein Blick flackert mit einem fiebrigen Glanz über mein Gesicht. „Und gleichzeitig ..." Er zögert. „Was ist los? Heute Morgen warst du noch nicht so ... so wütend auf mich."

Meint er das ernst?

Ich beiße mir auf die Lippe, um nicht zu explodieren. Wenn ich ihm das, was unter meiner Oberfläche brodelt, jetzt entgegenwerfe, wird es wohl die ganze Kneipe mitkriegen.

„Warum bist du so sauer?", fragt er leise.

„Willst du mich verarschen?", zische ich zurück.

Seine Augen weiten sich. „Was?"

Ich holte tief Luft. „Ich bin nicht so ein Naivchen, wie du vielleicht denkst!", knurre ich, um nicht zu schreien. „Und jetzt lass mich gefälligst vorbei!"

Er zieht seinen Arm zurück und ich ergreife die Chance. Doch so schnell lässt er mich doch nicht vom Haken.

„Hey, hey, Moment." Magnus geht mir nach, hat mich mit wenigen Schritten eingeholt. „Warte!" Er springt vor mich, hebt beide Hände und ich bleibe widerwillig stehen. „Worum geht es hier? Warum glaubst du, dass ich dich für naiv halte?"

Ich blähe die Nasenflügel. „Warum hast du mir nicht gesagt, dass dein Nachname Driessen ist?", antworte ich mit einer Gegenfrage.

Er schnaubt. „Ernsthaft?" Dann schüttelt er den Kopf. „Das ist dein Problem? Obwohl du dir nicht einmal meinen Vornamen merken konntest?"

Ich weiche seinem belustigten Blick aus.

„Wie hast du mich noch einmal genannt?" Er gibt vor zu überlegen. „Max?"

„Darum geht es doch gar nicht", knurre ich.

„Geht es nicht?" Er verschränkt die Arme vor der Brust.

„Nein!", presse ich hervor. „Es geht nicht darum, *wie* du heißt, sondern *was* dein Name bedeutet!"

„Was er bedeutet?" Magnus runzelt die Stirn. „Meinst du das jetzt etymologisch oder ...?"

„Hör auf!" Ich stampfe ungeduldig mit dem Fuß auf, die Flaschen in meinen Händen werden mir langsam zu schwer. „Heb dir dein Akademiker-Vokabular für jemand anderen auf! Und tu nicht so, als wüsstest du nicht, worauf ich hinauswill." Ich funkele ihn an. „Du gehörst zur Privatbank Driessen."

„Und?" Er blickt noch immer verständnislos.

Ich lache trocken. „Wir, mein Onkel und ich, unsere Kneipe ..." Ich zögere, die harte Wahrheit auszusprechen, zu sehr schäme ich mich für unsere Geldsorgen. Also wähle ich eine neutralere Formulierung: „Wir sind Kunden bei eurer Bank."

Magnus zuckt mit den Schultern. „Wie vermutlich ein Haufen Leute hier ..."

Ich schüttele den Kopf. „Du erwartest, dass ich das glaube?"

„Dass unsere Bank in Fichtingen viele Kunden hat?" Er markiert noch immer den Ahnungslosen. „Äh, ja, also das ist Fakt ..."

„Vergiss es ..." Ich atme geräuschvoll aus. „Du denkst, du kannst dir das alles irgendwie zurechtdrehen, aber mich wickelst du nicht noch mal ein." Ich will ihn aus meinem Weg schieben, doch Magnus lässt sich kaum bewegen.

„Zurechtdrehen? Einwickeln?", wiederholt er und klingt dabei deutlich alarmierter. „Was soll das jetzt heißen?"

„Das weißt du ganz genau!", kontere ich und versuche weiter, mich an ihm vorbeizudrücken. „Spar dir die Heuchelei!"

„Heuchelei?" Jetzt ist er es, der mich anfunkelt. Sein Blick trifft mich von oben herab und hinter dem warmen Whiskyton seiner Augen züngeln wütende Flammen. „Was unterstellst du mir hier gerade?"

Ich antworte ihm nicht.

„Was?", fordert er mich auf. „Spuck's schon aus, Dahlia."

„Vergiss es", murmele ich. „Lass mich vorbei!"

Dieses Mal gibt er nicht nach. Er bleibt stehen, wo er ist. Sieht mich einfach nur an und wartet.

Aber ich denke nicht daran, ihm eine Antwort zu geben. Stattdessen lege ich meinen ganzen Zorn in einen trotzigen Blick.

Und endlich fällt bei ihm der Groschen.

„Du glaubst, ich hätte dich angemacht, weil du eine Kundin unserer Bank bist, ja?" Er beugt sich zu mir hinunter, spricht leise und nah an meinem Ohr. „Du glaubst, ich hätte irgendwelche Hintergedanken?" Sein warmer Atem streift meinen Hals. „Fass dir an die eigene Nase, Prinzessin, denn so wie ich das sehe ..." Er lacht. „Hast du auch mit deinem Kunden geschlafen."

Empört mache ich einen Schritt zurück.

Ich will ihm sein freches Lachen aus dem Gesicht wischen, ihm etwas entgegnen für seine Unverschämtheit. Doch unter seinem glühenden Blick bleibt mir die Bemerkung, die ich ihm an den Kopf schleudern wollte, im Hals stecken.

„Und ich wette ..." Er macht einen Schritt auf mich zu, schließt den Abstand, den ich gerade zwischen uns gebracht habe. „Ich wette dein Onkel, darf es nicht wissen, oder?" Er mustert meinen Gesichtsausdruck, grinst und richtet sich auf. „Wer von uns beiden versteht sich jetzt besser auf *Heuchelei*?"

„Du ..." Ich schlucke. „Du bist genauso ein Arsch, wie ich dachte."

„Ein Arsch?" Magnus lacht gelassen. „Dahlia, ich war ein Gentleman." Er zwinkert. „Wenn hier jemand seine Manieren vergessen hat, dann du!"

„Meine Ma...?" Ich brauche einen Moment, um zu verstehen, worauf er anspielt. Hitze steigt mir ins Gesicht. „Du Mistkerl."

„Was?" Er hebt eine Braue. „Ist es dir peinlich, wie wild du letzte Nacht warst?" Sein Blick wird weicher. „Mir nämlich nicht."

„Mir auch nicht", gebe ich zurück. „Mir ist nur peinlich, dass ich auf deine faulen Tricks reingefallen bin. Du Möchtegern-Houdini!"

„Hey!" Er sieht tatsächlich ein wenig getroffen aus. „Meine Tricks sind nicht faul. Den *Long Distance Spinner* musste ich sogar ziemlich lange üben."

„Wie auch immer." Ich ergreife die Chance, schiebe mich durch die Lücke zwischen Magnus und der Wand, entschlossen, nun endgültig zur Bar zurückzukehren. „Deine Kartentricks kannst du in Zukunft ja an einem anderen Publikum ausprobieren. Vielleicht an deinen Kumpels von der Bank?" Ich werfe ihm einen hoffentlich vernichtenden Blick über die Schulter zu. „Mit ein paar Geldscheinen?"

Seine Miene wird hart. „Ich bin nicht wie diese Typen."

„Ach, nein?" Ich mustere ihn von oben bis unten. „Sieht aber ganz danach aus."

Er schüttelt den Kopf und murmelt etwas, aber da bin ich schon aus seiner Hörweite. Ich trete hinter die Bar.

Onkel Willi wirft mir einen Seitenblick zu. „Du warst ganz schön lange da hinten."

Ich nicke und stelle die Colaflaschen in den Kühlschrank. „Hab was gesucht."

Als ich mich aufrichte, sehe ich Magnus an den Tisch mit den anderen Anzugträgern zurückkehren und schaue ganz bewusst in die andere Richtung. Am Platz in der Ecke studieren neue Gäste die Getränkekarte und die Gruppe, die unsere zwei niedrigen Couchtische samt Sesseln zusammengeschoben hat, möchte nachbestellen. Perfekt.

„Ich nehme Gabi mal die Ecktische ab", verkünde ich meinem Onkel.

Er sieht mich nachdenklich an, nickt aber schließlich.

Ich schnappe mir meinen Block und das Tablett und eile zu den Gästen, die am weitesten von meinem One-Night-Stand entfernt sitzen.

5 – Vermutungen

„Warum sagst du mir nicht einfach, wer es war?" Evgenia packt mir zwei Portionen Kolokithakia, ein Dutzend Dolmades und gemischte Oliven in meine mitgebrachten Tupperdosen.

„Weil es keine Rolle mehr spielt", antworte ich ausweichend, während ich sie hungrig beim Zusammenstellen meines Mittagessens beobachte. „Es war eine einmalige Sache."

Ihre braunen Augen werfen mir wachsame Blicke zu, während sie die Schüsseln, an denen sie sich gerade bedient hat, zurück in die Kühltheke stellt. „Ein Grund mehr, nicht so ein Geheimnis daraus zu machen."

Ich fange ihren Blick auf. „Ich darf ja wohl meine Geheimnisse haben!"

„Nicht vor deiner besten Freundin!", protestiert sie. „Und schon gar nicht, wenn es schmutzige Geheimnisse sind!" Sie wackelt mit den Augenbrauen.

„Es ist, ich meine, es *war* nicht schmutzig. Es ist nur ..." Ich beiße mir auf die Unterlippe. „Es ist einfach Schnee von gestern, okay?"

„Okay, okay!" Sie stapelt die Dosen in eine Papiertüte. „Darf ich wenigstens raten?"

Ich verdrehe die Augen. „Wenn ich dich nicht davon abhalten kann."

„War es Lorenz?", fragt sie betont beiläufig.

„Lorenz?" Ich bin entsetzt. „Lorenz aus unserer Abschlussklasse? Evi, der hat letzten Monat geheiratet!"

„Ja, ja, ich weiß …" Sie senkt die Lider. „Ich dachte nur … Ich meine …" Sie sucht wieder meinen Blick. „Du tust so mysteriös und ich hatte immer das Gefühl, dass ihr etwas füreinander übrig habt."

„Das war einmal. In der Zehnten oder so. Wir sind gute Bekannte, mehr nicht. Und, ich wiederhole: Er. Hat. Geheiratet." Ich funkele sie an. „Wofür hältst du mich? Für eine Nestzerstörerin?"

„Schon gut, schon gut." Sie packt ein Glas mit eingelegter Paprika, das ich gar nicht bestellt habe, mit in die Tüte. „Entschuldige, das war daneben."

„Allerdings!", schnaube ich.

Sie verzieht das Gesicht. „Es war doch hoffentlich nicht dieser Kilian, oder? Der schmierige Typ von der Bank?"

Ihr Tipp erwischt mich eiskalt. Als mir die Gesichtszüge zu entgleiten drohen, wendet sie sich glücklicherweise gerade um und holt eine große Schale Couscous-Salat aus dem Kühlschrank hinter der Kasse.

„Den finde ich nämlich zwielichtig", erläutert sie mir, während sie den Salat vor sich hinstellt, ihn durchmischt und mit frischer Petersilie bestreut. „Dem traue ich zu, dass er dich unter Druck setzt und irgendwelche *Gefälligkeiten* einfordert, weil ihr …" Sie sieht zu mir auf. „Na ja, weil ihr diese Schulden habt."

Ich nicke ernst. Genau diesen Gedankengang hatte ich ja auch schon. Nur in Hinblick auf Magnus.

„Nein", schaffe ich es schließlich zu sagen. „Es war auch nicht Kilian."

Evi nickt. „Dann bin ich beruhigt." Ein kleines Lächeln schleicht sich auf ihr Gesicht. „Aber wer war es dann? So viele Junggesellen in unserem Alter gibt es ja nicht mehr … Hmm …" Der nächste Blick, den sie mir durch ihre Brillengläser zuwirft, ist irgendwie speziell. Beinahe vorwurfsvoll. „War es Ismet?"

Ich bin so verblüfft, dass ich einen Moment für meine Antwort brauche. „Ismet von der Schneiderei? Ein One-Night-Stand mit dem schüchternen, braven Ismet? Ernsthaft?"

„Na ja …" Meine beste Freundin zuckt mit den Schultern. „Ich habe ihm das mit der Enthaltsamkeit bis zur Ehe nie so richtig abgekauft."

Ich kann nicht anders, ich muss lachen. „Also erstens war Ismet noch nie zu Gast in unserer Kneipe, weil er und seine Freunde keinen Tropfen Alkohol trinken. Und zweitens …" Ich würde sie am liebsten anstupsen, aber mein Arm ist nicht lang genug, um über die Glastheke zu reichen. „Weißt du doch ganz genau, für wen er sich aufspart."

Evi läuft puterrot an. „Unsinn! Das ist nur Theater!"

„Theater?" Ich runzele die Stirn. „Der Gute ist dir seit der Neunten so verfallen, dass man es kaum mitansehen kann. Völlig liebeskrank. Es würde mich nicht wundern, wenn er schon deinen Vater um deine Hand gebeten hätte."

Evis Wangen werden dunkelrot.

„Oh mein Gott!" Ich schlage mir die freie Hand vor den Mund. „Hat er?"

„Nein, aber …" Sie rückt das Servierbesteck in den griechischen Spezialitäten penibel zurecht. „Ich, ähm, war neulich mit ihm einen Kaffee trinken."

Mir klappt der Mund auf. „Was?"

„E-Es war kein Date oder so!", ergänzt sie schnell. „Wir waren beide bei so einer Fortbildung für, ähm, junge Selbstständige, drüben in Buchingen." Sie seufzt. Leise, aber ich höre es eben doch. „Und ein paar aus dem Kurs sind danach noch in ein Café gegangen. Und, da, na ja, da haben wir kurz geredet."

„Geredet?", wiederhole ich.

„Ja." Evis Gesicht gleicht langsam einer Tomate. „Und das war auch ganz nett, aber irgendwie hat er da ..." Sie schluckt. „Vielleicht zu viel hineininterpretiert?" Sie sieht mich an mit einem beinahe schon panischen Ausdruck. „Er kam am nächsten Tag vorbei und hat meine Eltern gefragt, ob er mich daten darf!" Sie schlägt die Hände vors Gesicht und gibt einen Laut von sich, der ein Wimmern oder ein Kichern sein könnte.

„Er hat ..." Ich spüre, wie mein Grinsen breiter wird. „Deine Eltern gefragt, ob er dir den Hof machen darf?"

Evgenia schielt zwischen ihren Fingern hervor.

„Ja", antwortet sie kleinlaut.

Ich breche in Gelächter aus. „Oh, wow, das ist ..." Vor lauter Lachen steigen mir Tränen in die Augen. „Das ist so weird, aber irgendwie so, so süß!"

Evi lässt die Hände sinken. Sie setzt auch ihre Brille ab, reibt mit einem Zipfel ihrer Bluse über die Gläser, die sie gerade angefasst hat. „Er meinte, das gehört sich so ..."

„Ach, der gute Ismet." Ich seufze. „Und was haben deine Eltern dazu gesagt?"

Jetzt ist es meine Freundin, die seufzt. „Etwas Griechisches."

„Oh." Ich beiße mir auf die Lippe. Wenn die Manousakis zu ihrer Muttersprache übergehen, sind sie meistens zornig.

„Sie fanden es also nicht so toll?", rate ich.

Evi schüttelt den Kopf und setzt ihre Brille wieder auf. „Und ich auch nicht!" Sie rümpft die Nase. „Ich bin fünfundzwanzig und entscheide verdammt noch mal selbst, wen ich treffe!" Sie sieht mich mit einem feurigen Ausdruck in den Augen an, doch dann verändert sich ihre Miene. „Aber ich ... Ich fürchte, meine Reaktion war zu energisch. Er wollte mir zeigen, dass es ihm ernst ist ... Und jetzt ... Jetzt sieht er mich ganz beschämt an, wenn wir uns in der Stadt begegnen."

„Hey", sage ich zaghaft und umrunde den Tresen. „Komm mal her." Ich schließe sie fest in die Arme. „Magst du ihn denn? Also so richtig?"

Evi zögert kurz, dann fühle ich sie nicken.

„Dann wird das auch wieder." Ich tätschele ihren Rücken. „Ismet himmelt dich doch nicht jahrelang aus der Ferne an und lässt sich dann von so ein bisschen Gegenwind entmutigen. Und vor allem ..." Ich lasse sie los, lehne mich ein Stück zurück und warte, bis sie mir in die Augen sieht. „Vor allem schießt er nicht seine Gefühle in den Wind und bandelt mit einer anderen an." Evi sieht mich traurig an. „Komm schon, das glaubst du doch nicht wirklich!"

Einen Moment ist sie ganz still. „Nein, er ist nicht der Typ dafür."

„Eben!" Ich zwinkere ihr zu. „Und mein Typ ist er übrigens auch nicht, nur um auf deine Frage von vorhin zurückzukommen!" Ich drehe mich um, stelle mich wieder auf die andere Seite des Verkaufstresens, wo ich hingehöre. „Aber ich sag dir was ..."

Evi strafft ihre Schultern und schaut mich an. „Ja?"

„Wenn du ihn anrufst und um eine zweite Verabredung bittest ..." Ich hebe kokett eine Augenbraue. „Dann verrate ich dir vielleicht, mit wem ich das Bett geteilt habe!"

„Nicht fair!", empört sich meine Freundin. „Ich habe dir meine ganze peinliche Dating-Geschichte erzählt."

Ich verdrehe die Augen. „Erstens habt ihr noch gar nicht richtig gedatet und zweitens ist es ja wohl nicht peinlich, wenn ein Typ so auf dich abfährt, dass er selbst ein Treffen mit deinen Eltern initiiert. Komm schon!" Ich schüttele den Kopf. „Willst du Mitleid dafür, dass dich ein Kerl zu sehr verehrt? Bleib mal auf dem Teppich, Evgenia!"

Ihre Wangen glühen schon wieder. „Okay, okay. Du hast ja recht."

„Natürlich habe ich recht!" Ich strecke ihr die Zunge raus.

Sie quittiert die Geste mit einer ähnlich kindischen Grimasse. „Gut, ich werde ihn anrufen und fragen, ob er mit mir ausgehen will ..."

Ich grinse. „Und seine Eltern."

„Was?", fragt Evi entsetzt.

„Na ja ..." Ich mache eine theatralische Pause. „Du musst schon auch klarmachen, dass du ehrbare Absichten mit ihm hast!"

Evi sieht mich verblüfft an. „Ehrbare Absichten?"

„Ja, leih dir einen Anzug, bring seiner Mutter Blumen mit und vielleicht was Süßes für seinen Vater." Ich zucke mit den Schultern. „Sei ein Kavalier. So wie Ismet."

„Hast du Unterzucker?" Evgenia verschränkt die Arme. „Willst du nicht dein Essen nehmen und nach Hause gehen? Dein Onkel wird bestimmt schon hangry, während du hier so herumtrödelst." Sie reicht mir die Tüte über die Theke.

„Oh, oh, ich weiß was!" Ich nehme das Essen entgegen. „Singe ihm eine Serenade vor der Schneiderei. So richtig mit Geklimper. Spielt dein Cousin Costas nicht in irgendeiner Band Gitarre?"

„Schlagzeug", grummelt meine Freundin. „Und ich überlege gerade ernsthaft, ob er sein neues Set nicht auf deinem Kopf üben sollte."

Ich lache in mich hinein „Sorry, meinen Dickschädel kann man nicht so leicht weichklopfen."

„Leider!" Evi nimmt ihre Brille ab und reibt sich die Schläfen. „Raus mit dir! Aber dalli, Dahlia!"

Ich lache. „Sehen wir uns dann heute Abend, um zusammen einen Song auszusuchen?"

Evgenia gibt sich alle Mühe, ernst zu bleiben, doch auch ihre Stimme wird von Gelächter begleitet. „Raus, du freches Stück! Geh heim und iss was!"

„Ich freue mich so sehr für dich, Evi", säusele ich. „Und für Ismet. Ich kann es kaum erwarten, ihn in die Arme zu schließen, wenn ich mal wieder eine Hose für meinen Onkel kürzen lasse, und ihn in der Familie zu begrüßen."

„Untersteh dich!" Meine Freundin stürzt hinter der Theke hervor. „Ich meine es ernst, Dahlia! Wehe, du machst das, dann gibt's keine vegetarischen Dolmades mehr. Nie mehr!"

Ich verziehe den Mund zu einer Schnute. „Freust du dich denn gar nicht, dass zumindest ich eure Liebe unterstütze?"

Sie schnaubt und schließt mich in die Arme.

„Bitte behalte das erst einmal für dich, okay?", flüstert sie mir eindringlich ins Ohr und drückt ein bisschen fester zu als sonst.

„Na gut." Ich seufze tief, als sie mich aus ihrer Umarmung entlässt. „Weil du *bitte* gesagt hast."

„Und weil ich dein Alibi für vorgestern bin, das wollen wir mal nicht vergessen", tadelt sie mich.

Ich hole tief Luft.

„Richtig." Ich verdrehe die Augen. „Wie gut, dass unsere Freundschaft auf gegenseitigem Respekt und Mitgefühl und nicht auf sowas wie, ich weiß auch nicht, Erpressung beruht."

„Ja", kichert Evi. „Da kannst du dich wirklich glücklich schätzen."

Wir lachen beide ausgelassen und ich drehe mich zur Tür herum. Just als ich nach der Klinke greifen will, erscheint auf der anderen Seite der Ladenfront ein roter Haarschopf.

Magnus steigt in grauem T-Shirt und Jackett die drei Stufen hinauf.

„Guten Tag, die Damen", sagt er höflich, öffnet die Ladentür und hält sie für mich auf.

„G-Guten Tag", stammele ich und kann nicht anders, als in seine Bernsteinaugen zu sehen.

„Jiássas!", begrüßt Evgenia ihren potenziellen Neukunden. „Kommen Sie nur herein! Wie kann ich Ihnen helfen?"

Magnus' Blick verweilt noch einen klitzekleinen Moment auf mir, dann wendet er sich meiner Freundin zu. „Danke! Ich wollte mir ein Stück von Ihrer Tiropita holen. Alle meine Kollegen schwärmen davon."

„Ah, die kann ich heute leider nicht anbieten. Aber ich habe ausgebackene Zucchini und frischen Couscous-Salat. Beides hausgemacht von meiner Mutter." Evi winkt Magnus zu sich in den Laden, der ihr mit großen, lässigen Schritten an die Theke folgt.

Die Ladentür fällt zu und ich schaue den beiden kurz durch das Glas nach. Ein kribbeliges Gefühl macht sich in meiner Magengegend breit und ich kann nicht einmal sagen, ob es vom Hunger oder von der unerwarteten Begegnung mit Magnus kommt.

„Eine einmalige Sache", flüstere ich mir selbst zu, bevor ich die wenigen Stufen hinuntergehe und meinen Weg quer über den Marktplatz antrete.

6 – Snacks und Sorgen

Als ich an unserem Fachwerkhaus ankomme, werfe ich erst einmal einen Blick in den Briefkasten. Onkel Willi muss den Stapel Rechnungen, der hier gefühlt täglich eintrudelt, schon geholt haben. Jedenfalls ist der Kasten, bis auf einen kleinen Werbeflyer, leer.

Ich fische den Zettel, der eine Art bunten Abend im Alten Theater bewirbt, heraus und stecke ihn in die Tüte zu unserem Mittagessen.

„Onkel Willi?", rufe ich, als ich die Tür aufwuchte und in unseren noch leeren Gastraum trete. Nichts rührt sich zwischen den Tischen und Stühlen. „Hallo? Ich bin zurück!"

Stille.

Seltsam.

Als ich vorhin rüber zu Evi bin, war mein Onkel schon hinter dem Tresen zugange. Ich hatte erwartet, ihn mit einer Tasse Kaffee über der Zeitung anzutreffen.

Ich stelle die Leckereien aus dem Laden meiner Freundin auf dem nächstbesten Tisch ab und schäle mich aus meiner Jacke.

Ist er noch einmal nach oben gegangen?

Es sieht Willi gar nicht ähnlich, sich vor dem Mittagessen zurückzuziehen.

Normalerweise wartet er schon ungeduldig und meckert, wenn ich zu lange brauche, um das Essen auf den Tisch zu bringen.

Vielleicht ist er nur kurz zur Toilette oder so?

Ich beschließe, zunächst einmal zu warten und mir einen Kaffee einzuschenken. Die Kanne unter dem Filter ist voll und verströmt einen nussig-herben Duft. Ich hole noch ein paar Teller und Besteck aus dem Geschirrschrank über der Maschine und kehre an den Platz, den ich für unseren heutigen Lunch ausgewählt habe, zurück. Umsichtig portioniere ich die Dolmades, die lauwarmen Kolokithakia und das eingelegte Gemüse. Dann lasse ich mich auf einen der Stühle fallen.

Wo bleibt er nur?

Mein Magen grummelt, während ich auf die vollen Teller vor mir starre.

Es wird doch hoffentlich alles in Ordnung sein?

Als meine Finger wie von selbst beginnen auf der Tischplatte zu trommeln, stehe ich doch wieder auf. Vielleicht sollte ich zur Sicherheit wenigstens einmal nachsehen. Mein Onkel ist kein besonders alter oder gebrechlicher Mann, aber er ist Ende 50 und seine Ärztin tadelt ihn bei jedem Kontrollbesuch wegen zu hoher Cholesterinwerte.

Angetrieben von der Vorstellung, dass er oben in der Wohnung eine Art Schwächeanfall gehabt haben könnte, haste ich zum Durchgang in unseren Privatbereich und nehme beim Erklimmen der Treppe gleich zwei Stufen auf einmal.

„Willi?", rufe ich wieder. „Bist du hier oben?"

„Illi? Oben?", ahmt mich unsere Papageiendame nach.

Ich verdrehe die Augen. „Peggy, ich rede nicht mit dir okay?", zische ich in Richtung Gebälk.

„Onkel Willi? Bist du hier?", wiederhole ich lauter.

„Illi!", krakelt Peggy, landet im nächsten Moment auf meiner Schulter und zwitschert ihr Lieblingswort: „Nichtsnutz!"

„Hey", tadele ich den Vogel. „Unverschämt werden und dann herumtragen lassen, ja?"

Die Papageiendame kneift mir sachte ins Ohr, sieht aber von weiteren Beleidigungen ab. Ich laufe mit ihr durch die Wohnung, linse in jeden der kleinen Räume, bevor ich vor Willis Schlafzimmer zum Stehen komme.

Die Tür ist geschlossen und ich höre die gedämpfte Stimme meines Onkels.

Es klingt, als würde er telefonieren.

„Ni-Nichtsnutz", gackert Peggy in mein Ohr.

„Psst!" Ich tippe dem Vogel ans Köpfchen. „Halt kurz den Schnabel, okay? Bitte." Auf Zehenspitzen nähere ich mich der Zimmertür und lehne mich vorsichtig dagegen. Mit dem Ohr am Holz beginne ich zu lauschen.

„Ich verstehe", höre ich meinen Onkel sagen. „Natürlich, natürlich, das ist mir klar. Das ist ... Ich hatte nur gehofft, wir könnten über die Rate noch mal sprechen." Er hält inne und mir dämmert, wen er am Apparat hat. Wenn es um unsere Kreditrate geht, kann es nur die Bank sein.

„Natürlich, ja, das weiß ich." Onkel Willi seufzt und ein paar Sekunden Stille verstreichen, während er dem Menschen am anderen Ende der Leitung zuhört. „Doch, ja ... Wir nutzen solche Gelegenheiten schon. Das Stadtfest zum Beispiel, das hat sich für uns gelohnt. Dennoch ..." Er pausiert. Ich höre Schritte, als würde er beim Telefonieren hin und her gehen. „Ich verstehe, dass Sie das denken, aber die Einnahmen haben nicht gereicht, um ... Nein, natürlich gilt das trotzdem. Ich dachte nur ... Wenn wir noch einmal ...

Wir sind ja nun schon lange Kunden bei Ihnen. Schon mein Vater hat ..."

Peggy kneift mir wieder ins Ohr. Dieses Mal fester – und schmerzhafter. Ich muss einen Aufschrei unterdrücken.

„Was soll das?", flüstere ich eindringlich und weiche mit ihr von der Tür zurück, bekomme aber nur einen nichtssagenden Blick aus ihren kleinen, gelben Augen. „Hast du Hunger?", rate ich und gehe mit ihr zu dem Regal, in dem Willi fein säuberlich mehrere Gläser mit den Lieblingssnacks unserer gefiederten Mitbewohnerin aufgereiht hat.

Mein Onkel pflegt das Tier, das schon meine Großeltern vor ihm besessen haben, sehr gewissenhaft. Ich öffne eines der Gläser und nehme ein paar Kürbiskerne heraus.

„Wie wär's damit?", frage ich im Flüsterton und biete sie Peggy an.

Sie legt kurz den Kopf schief, greift dann aber doch zu.

„Na also." Mit einem zufriedeneren Papagei auf der Schulter kehre ich wieder zu Onkel Willis Schlafzimmertür zurück.

„Es sind schwierige Zeiten für uns Gastronomen", dringt seine gedämpfte Stimme zu mir durch. „Als wir den Kredit aufgenommen haben, war noch nicht abzusehen, dass die nächsten Jahre so ..." Die Dielen ächzen. Die Schritte meines Onkels beim Umhergehen werden langsamer, schwerer. „Ja, natürlich haben Sie recht. Wir hatten aber eben auch den Wasserschaden, den die Versicherung nicht ..."

Peggy klaut sich einen weiteren Kern aus meiner Hand und ich möchte ihr sagen, dass sie leiser sein soll, als sie den Snack mit ihrem Schnabel knackt. Das Gespräch, das ich belausche, ist zu wichtig, um in Papageiengeknabber unterzugehen. Es geht um unseren Kredit, unsere Kneipe, unsere Existenz ... Unsere Zukunft.

„Wie stellen Sie sich das vor? Ich habe Angestellte. Ich muss Gehälter zahlen, ich ..." Willi hält im Laufen inne. „Das sind Arbeitsplätze und meine Nichte und ich können unmöglich allein ..."

Ich beiße mir auf die Lippe.

Das klingt nicht gut. Gar nicht gut.

„Das Gebäude?" Ein dumpfes Geräusch verrät mir, dass er sich auf seinen Schreibtischstuhl hat fallen lassen. „Es ist nicht nur unser Lokal, meine Familie wohnt über der Gaststätte seit fünf Generationen. Mein Vater hat mir das Haus vermacht ..." Ich höre ihn tief Luft holen. „Das habe ich schon, aber die Auflagen des Denkmalschutzes machen es nicht gerade einfach, eine Förderung für die notwendigen Renovierungen zu bekommen."

Eine endlose Minute lang sagt er nichts.

„Und Sie sehen keine andere Lösung? Haben Sie meinen Finanzierungsantrag ..." Willis Stimme klingt gequält, als müsste er an sich halten, um nicht emotional zu werden. „Nein, das verstehe ich. Danke für die ... Die Anregung. Nein, ich habe keine Fragen mehr, Herr Driessen."

Driessen.

Der Name allein löst schon Aufregung in mir aus.

Mit wem telefoniert mein Onkel da gerade?

Mit Magnus? Seinem Bruder? Oder sogar seinem Vater, dem Bankdirektor?

Eigentlich ergibt keiner der drei Sinn, denn keiner von ihnen ist unser üblicher Ansprechpartner bei der Driessen-Bank. Normalerweise geht alles über Kilian Hartmuth, der die Filiale in unserer Kleinstadt leitet. Gelegentlich haben wir auch mal mit seinem Assistenten zu tun, dessen Namen ich mir nie merken kann.

Aber mit den Driessens selbst ...?

„Ja, ich werde darüber nachdenken." Die nächsten Worte meines Onkels klingen ernüchtert. Besiegt. Der Tonfall schwappt wie trübes Wasser durch den Spalt unter der Zimmertür.

Ich schlucke.

Es muss ernst sein. Wenn schon die Familie, der die Bank gehört, involviert ist, kann das einfach nichts Gutes bedeuten. Nicht für unsere laufende Finanzierung. Und nicht für den Antrag auf einen weiteren Kredit, den Onkel Willi gestellt hat.

Es klingt vielmehr so, als wären alle Versuche meines Onkels mit der Bank in Verhandlungen zu gehen, gerade gescheitert.

Ich weiß, dass es nicht besonders rosig um unseren Familienbetrieb steht. Onkel Willi hat mir immer reinen Wein eingeschenkt, wenn es um unsere prekäre finanzielle Lage ging. Dachte ich zumindest. Aber das, was ich eben mitbekommen habe, klingt noch entmutigender als die Situation, die ich bisher als den Status quo verstanden hatte.

„Danke für Ihre Zeit, Herr Driessen", verabschiedet sich Willi jetzt und es wird so still, dass ich höre, wie er das Telefon auf seinem Nachttisch ablegt.

Ich wage es kaum zu atmen.

Ich *kann* kaum atmen.

Eine bleierne Schwere senkt sich auf meine Brust und macht es beinahe unmöglich, Luft zu holen.

Ich stehe einfach da, das Ohr noch immer am Türblatt und starre auf die Maserung der Zarge. Die gewundenen Fasern im Holz erscheinen mir wie eine Abwärtsspirale. Ein Strudel, der meine Gedanken hinabzieht.

Was passiert jetzt?

Wenn wir unsere Raten nicht mehr zahlen können?

Wenn wir die Finanzierung für die Renovierungen nicht bekommen?

Was wird aus unserem Lokal?

Was wird aus unserem Zuhause?

Was wird aus uns?

Heiße Wut staut sich zwischen meinen Rippen. Ich werde zornig, weil das alles so ungerecht ist. Als wir nach dem Lockdown wieder eröffnen durften, haben wir unseren Ruhetag gestrichen, um die verpasste Zeit und verpasste Einnahmen aufzuholen. Und obwohl das schon fast zwei Jahre her ist, arbeiten wir bis heute noch im Krisenmodus. An sieben Abenden in der Woche stehen wir hinterm Tresen, um unseren Betrieb am Laufen zu halten und unsere Raten zu bezahlen. Der Klempner und langjährige Stammgast, der unseren Wasserschaden behoben hat, hat bis heute kein Geld von uns gesehen und schreibt nur keine Mahnung, weil er Onkel Willi so schätzt. Selbst Evi gibt uns unser Mittagessen zweimal die Woche zum Freundschaftspreis, obwohl auch ihre Waren immer teurer im Einkauf werden.

Alle Geschäftsleute, mit denen wir zu tun haben, greifen uns kulant unter die Arme, weil alle selbst wissen, wie schwer die Zeiten sind. Aber die Bank ... die kennt kein Erbarmen.

Natürlich nicht.

Ich vergesse für einen Moment, dass ich noch immer direkt vor Onkel Willis Schlafzimmer stehe und entlade meinen Frust, indem ich mit dem Fuß aufstampfe. Erst als die Tür vor mir mit einem Ruck geöffnet wird und Peggy erschrocken von meiner Schulter flattert, wird mir klar, dass ich mich gerade verraten habe.

„Dahlia!", entfährt es meinem Onkel atemlos. „Ich ... Ich dachte, du holst Mittagessen." Seine Augen sind gerötet. „Stehst du hier schon lange?"

„Ich ..." Ich sehe ihn an, sehe den feuchten Glanz in seinem Blick. „Ähm ... nein. Bin gerade erst gekommen." Ich bemühe mich um eine fröhliche, unbelastete Miene. Er möchte noch nicht, dass ich weiß, mit wem und über was er gerade gesprochen hat, das spüre ich. „Du warst nicht unten, also dachte ich, ich schaue mal, ob du hier oben bist."

„Ich habe nur die Post abgelegt." Er zieht die Nase hoch. „Wollte nicht, dass irgendwelche wichtigen Papiere im Gastraum herumfliegen."

Ich nicke. Zu eifrig und zu schnell, aber es fällt ihm nicht auf. Die Situation ist ihm viel zu unangenehm.

„Der Tisch ist schon gedeckt", sage ich und hoffe, es klingt einladend. „Heute gibt's sogar diese gebackenen Zucchini, die du so magst."

„Kolokithakia?" Seine Miene hellt sich ein klein wenig auf. „Perfekt! Genau das brauche ich jetzt." Er legt einen Arm um mich und schreitet mit mir durch die Wohndiele in Richtung Treppe. „Ich habe einen Bärenhunger."

„Ja, ich auch", sage ich, obwohl mir der Appetit eigentlich gerade vergangen ist. Ich setze ein Lächeln auf und gehe mit ihm nach unten, wo unser Essen und ein neuer arbeitsreicher Abend auf uns warten.

7 – Ein freier Abend

„Ich soll ..." Mein Handy klemmt zwischen Schulter und Wange, während ich über den Tresen wische. „Mit zu deinem Date?"

„Es ist kein Date", sagt Evgenia am Ende der anderen Leitung. „Ich habe Ismet gefragt, ob er auch zum Kleinkunstabend im Alten Theater geht."

„Auch?" Ich mache mir an einem besonders klebrigen Cola-Fleck zu schaffen.

„Eventuell habe ich so getan, als hätte ich ohnehin schon vor, dorthin zu gehen." Evi pausiert kurz. „Mit dir."

Ich lache. „Du hast ihn angelogen!"

„Ich, ich ..." Sie hadert mit den Worten. „Ich weiß auch nicht. Der Flyer lag hier vor mir und ich habe nicht nachgedacht." Ich höre sie schnauben. „Bitte geh mit mir hin. Wenn ich allein aufkreuze, wird das voll peinlich."

„Ach, Quatsch!" Ich zucke mit einer Schulter. „Dann weiß er einfach nur, dass du genauso liebeskrank bist wie er. Ihr könnt euch in eurer pubertären Schamhaftigkeit Gesellschaft leisten. Das wird super!"

„Dahlia!", kommt es empört aus dem Hörer.

„Was?", kontere ich und bewege mich zum Waschbecken.

„Wie stellst du dir das vor? Ich muss morgen Abend arbeiten. Es ist Samstag."

„Ja, ich weiß", entgegnet meine Freundin. „Aber die Vorstellung beginnt erst um 20:30 Uhr und dann ist Gabi schon da, um deinen Onkel zu unterstützen."

Ich werfe den Lappen in die Spüle und nehme das Handy in die Hand. „Samstags ist besonders viel los! Da brauchen wir hier jeden im Team!"

„Bitte!" Der Ton meiner Freundin ist ungewohnt flehend. „Bitte, bitte, bitte!"

Ich bleibe still und drehe den Wasserhahn auf.

„Dahlia, ich habe mich auch bereit erklärt, dein Alibi zu sein! Also sei du morgen meins!", fordert sie daraufhin mit deutlich gebieterischerem Ton.

„Hey!" Ich lasse Wasser über den Lappen laufen und drücke ihn mit meiner freien Hand aus. „Das ist nicht fair! Ich habe dir dafür schon versprochen, dass ich niemanden von deiner Schwärmerei für unseren Lieblingsherrenschneider erzähle!"

„Ja, aber eine Schwärmerei ist viel weniger krass als ein One-Night-Stand!", protestiert Evi. „Dein Geheimnis ist locker zwei Gefallen wert!"

„Ach ja?" Ich schnaube. „Du weißt ja nicht einmal mit wem. Überschätze nicht deine Druckmittel!"

„Ich weiß, dass es ein Gast war!" Ich höre Evgenia hämisch kichern. „Das genügt!"

Kopfschüttelnd drehe ich den Wasserhahn wieder zu. „Wenn man eine Freundin wie dich hat, braucht man echt keine Feinde mehr."

„Feinde? Jetzt übertreibst du aber!" Der Tonfall aus dem Hörer klingt nach einem Schmollmund. „Du weißt, dass ich alles für dich tun würde!"

„Ja, mit der entsprechenden Gegenleistung", murre ich.

„Hey!", beschwert sich Evi.

„Selber *hey*!" Ich stöhne, während ich den feuchten Lappen über das leere Abtropfgitter neben dem Becken hänge. „Also, ich kann Onkel Willi mal fragen, ob er mich um acht Uhr gehen lässt, aber wenn er Nein sagt, dann kann ich dich nicht begleiten, okay?"

„Okay ...", sagt sie kleinlaut. „Danke."

„Bedank dich nicht zu früh, du kleine Erpresserin!", zische ich und lache. „Ich melde mich bei dir, wenn ich weiß, ob es klappt. Jetzt muss ich Schluss machen; es wird hier langsam voll."

Ich lege auf, stecke mein Handy in die Tasche meiner kurzen Kellnerschürze und steuere den Tisch an, an dem sich gerade ein Trio älterer Herren niedergelassen hat.

„Guten Abend. Was darf's sein?", frage ich und zücke meinen Block.

Jeder der Männer ordert ein Bier und ich nehme noch schnell die Bestellung einer jungen Frau auf, die sich am Nachbartisch in ein Buch vertieft hat.

Obwohl es mittlerweile auf sieben Uhr abends zugeht, möchte sie einen Pott Kaffee.

„Nachtschicht?", frage ich nonchalant.

Sie nickt. „Ich arbeite im *Starlight Club*, drüben in Buchingen. Heute Abend gibt's Livemusik und das bedeutet Hochbetrieb hinter der Bar."

„Dann bist du eine Kollegin." Ich lächele matt. „Mein Beileid."

„Danke sehr", erwidert sie mit einem zaghaften Grinsen. „Bei euch wird's heute bestimmt auch noch trubeliger, oder?"

„Jaaa ..." Ich lasse den Blick durch den Raum schweifen. Nur etwa die Hälfte der Tische ist gerade besetzt. „Muss es."

Sie nickt wissend. „Die Leute kommen schon. Wenn die Atmosphäre und die Musik passt ..."

Sie sieht sich um und ich frage mich, wie der Gastraum wohl durch ihre Augen aussieht.

Das dunkle, hölzerne Mobiliar. Die abgewetzten Lederbezüge der Stühle und Sessel. Die massiven Landhaus-Lampen über den Tischen. Die abgeplatzten Stellen im Fliesenboden. Alles ist ein wenig zu heruntergekommen, um noch von einem nostalgischen Charme zu sprechen. Und über die alte Stereoanlage, die leise einen regionalen Radiosender dudelt, kann man vermutlich nur lachen, wenn man in einem der beliebtesten Musikclubs der Gegend arbeitet.

Doch die junge Frau sagt nichts weiter und ich sehe sie nicht an. Irgendetwas sagt mir, dass ich nichts als Mitleid in ihrem Blick erkennen werde.

„Dann hole ich mal deinen Kaffee", murmele ich schnell und gehe zur Theke.

Ich fülle gerade den großen Porzellanbecher mit dem Heißgetränk, als Onkel Willi hinter den Tresen kommt.

„Zapfst du mir schnell drei Pils?", bitte ich ihn.

„Mhm", macht er nur und greift sich das erste Glas.

Er ist schon den ganzen Abend eher wortkarg. Vermutlich, weil er mit den Gedanken noch immer bei seinem Telefonat vom Mittag ist.

Ich kann es ihm kaum verübeln und am liebsten würde ich ihn einmal in den Arm nehmen.

Aber offiziell weiß ich ja von nichts.

Also stehe ich nur da und schaue meinem Onkel bei seinen routinierten Bewegungen an der Zapfanlage zu.

„Sind die für die drei da drüben?", fragt er mich und nickt in Richtung der älteren Herren.

„Ja." Ich trete neben ihn.

„Mhm." Wieder ist es mehr ein Grummeln als eine Antwort, die von ihm kommt. „Stell ihnen was von dem Knabberzeug hin. Dann bleiben sie vielleicht länger."

„Klar." Ich platziere den vollen Kaffeebecher auf dem Tablett und mache mich sofort daran, eine der Plastiktüten aus dem Schrank unter der Maschine zu holen. Zügig befülle ich eine kleine Glasschüssel mit Salzgebäck.

„Onkel Willi ...", beginne ich zögerlich, als ich auch die Snacks aufs Tablett stelle. „Kann ich dich etwas fragen?"

Er hebt eine Braue, eine Hand noch am Hebel der Zapfanlage. „Klar. Worum geht's?"

Ich debattiere kurz mit mir selbst, welches der beiden Themen, die mich beschäftigen, ich nun anschneiden soll. Soll ich ihm doch gestehen, dass ich sein Gespräch mit der Bank belauscht habe? Oder frage ich ihn erst einmal nur, ob ich morgen früher Feierabend machen darf?

Mein Blick bleibt wieder an seinem Gesicht hängen. An dem ernsten Zug um seinen Mund und dem gerauften, grauen Haar. Es ist vielleicht nicht der richtige Zeitpunkt, um den Grund für seine Trübsal anzusprechen. Also bleibe ich lieber bei der harmloseren Angelegenheit.

„Evi hat gefragt, ob ich morgen Abend mit ihr weggehe", erkläre ich. „Um 20:30 Uhr ist im Alten Theater so eine Show, zu der sie nicht allein will", füge ich mit hektischer Stimme hinzu.

Mein Onkel sieht mich erst einmal nur an.

„Wenn es nicht geht, ist auch okay", schicke ich schnell hinterher. „Ich habe ihr schon gesagt, dass Samstag ..."

„Klar, geh mit ihr hin." Mein Onkel stellt das letzte Glas aufs Tablett.

Ich blinzele. „Wirklich?"

Er zuckt mit den Schultern. „Gabi ist ja da."

„Ja, aber ..." Ich zögere. Ich habe wirklich nicht erwartet, dass er mir einfach so freigeben würde, um mit meiner Freundin auszugehen. Mir fallen sogar dutzende Situationen aus der Vergangenheit ein, bei denen er unmissverständlich klargemacht hat, dass *erst die Arbeit, dann das Vergnügen* kommt und dass unsere Öffnungszeiten für mich Priorität haben sollten.

Und jetzt erlaubt er es mir? So ganz ohne Diskussion?

„Bist du sicher?", hake ich nach.

„Ja, doch." Er lacht, klingt aber auch ein klein wenig gereizt dabei. „Möchtest du es mir wieder ausreden?"

„Nein", sage ich hastig. „Nein, ähm, danke." Etwas unbeholfen mache ich einen Schritt auf ihn zu.

Nun schließe ich ihn doch in die Umarmung, die ich vorhin zurückgehalten habe.

Er erstarrt. „Na, na, na." Er tätschelt mir den Rücken. „Jetzt werde mal nicht so rührselig, ist doch nur ein Abend." Er schiebt mich sanft von sich weg und räuspert sich. „Bring mal lieber die Getränke an die Tische. Lass unsere Gäste nicht so lange warten." Er tippt auf das Ziffernblatt seiner alten Armbanduhr.

„Klar. Entschuldige." Ich streife mir eine Haarsträhne aus dem Gesicht. „Aber danke. Wirklich." Ich sehe ihn an, während ich das Tablett zu mir ziehe und anhebe.

Onkel Willi blinzelt. „Mach keine große Sache draus." Er greift sich ein paar Gläser, die eigentlich schon sauber waren und poliert sie mit einem Geschirrtuch. „Es wird Zeit, dass du mal wieder einen freien Abend hast."

„Du auch", sage ich leise, während ich hinter ihm vorbeigehe. „Es wäre auch an der Zeit, dass du mal wieder freihast."

Doch er schüttelt nur den Kopf und schweigt.

8 – Showeinlagen

Am nächsten Abend stehe ich unschlüssig und in Strumpf-hosen vor meinem Wandspiegel. Als ich Evi gefragt habe, was sie ins Alte Theater anzieht, hat sie irgendetwas von Jeans und Bluse geredet. Aber Jeans sind so gar nicht mein Ding und eine Bluse habe ich das letzte Mal während meiner Ausbildung zur Restaurantfachfrau getragen.

Keine Chance, dass ich heute, an meinem ersten freien Abend seit Ewigkeiten, modemäßig in meine Azubi-Zeit zurückkehre. (Und es wäre sowieso streitbar, ob ich nach acht Jahren noch in die Oberteile von damals passe.)

Wenn ich in der Kneipe kellnere, trage ich meistens simple Strickkleider. Die Art, die mehr nach einem übergroßen Pulli oder Longsleeve aussieht. Ich möchte weder zu freizügig noch zu adrett bei der Arbeit sein. Aber heute würde ich gern etwas Aufregenderes tragen.

Nur gibt mein Schrank nicht gerade viel her ...

Ich krame gefühlt schon seit Stunden in seinen Schub-fächern und schiebe die Bügel auf der Kleiderstange hin und her. Bisher habe ich eine dünne, graue Strickjacke, die für Oktober vielleicht etwas zu luftig ist, und einen roten Minirock aus Cord zutage getragen.

Mein Handy leuchtet auf und zeigt eine eingehende Nachricht von Evi an. Ich schnappe es mir von der kleinen Kommode zu meiner Rechten und entsperre das Display.

„Ich stehe unten vor der Tür. Kommst du runter?", schreibt meine beste Freundin. Ich registriere die Uhrzeit, die neben ihrer Message steht und mir wird klar, dass wir nur noch mit einem zehnminütigen Powerwalk rechtzeitig zu unserem Fake Date kommen.

Ich tippe rasch, dass ich gleich zu ihr stoße, und greife mir ein unspektakuläres, schwarzes Top, um es mit meiner bisherigen Schrankausbeute zu kombinieren. Etwas ungelenk, aber immerhin schnell schlüpfe ich in die Klamotten. Während ich den Cardigan zuknöpfe, überprüfe ich im Spiegel, wie sehr meine Mascara und mein Lidstrich verschmiert sind.

Nicht, dass mir jetzt noch Zeit bliebe, um mein Make-up zu korrigieren. Aber zu wissen, wie abgekämpft ich genau aussehe, gibt mir irgendwie ein Gefühl von Kontrolle.

Kurzerhand werfe ich meinen Kosmetikbeutel und einen Kamm in die Tasche, die ich über meine Schulter schwinge. Vielleicht kann ich mich vor Ort mal in die Damentoilette zurückziehen und retten, was zu retten ist.

Ich nehme meine Lederjacke, verlasse mein Schlafzimmer und durchquere unter Peggys Kommentaren die Wohndiele. Ich halte nicht einmal an der Treppe an. Quasi im Gehen schlüpfe ich in meine schwarzen Stiefel und springe die Stufen hinunter.

„Bis später, Willi!", rufe ich über die Gespräche im Gastraum und werfe meinem Onkel eine Kusshand zu. Er steht mit einem milden Lächeln hinter der Theke und nimmt nickend zur Kenntnis, dass ich mich für den Abend verabschiede.

„Heißer Rock, Spätzchen", kommentiert Gabi mit erhobenem Daumen mein Outfit und ich schätze, das ist das beste Lob, dass ich für meinen heutigen Look erwarten kann. „Hab Spaß!"

„Werd ich haben!" Ich strecke ihr scherzhaft die Zunge heraus. „Frohes Schaffen, Kollegin!"

„Du freches Stück!" Sie lacht herzhaft. „Hast Glück, dass du die Nichte vom Chef bist!"

Bevor sie mich weiter schelten kann, habe ich mich durch die voll besetzten Tische gedrängt und bin aus der Tür.

„Na endlich!" Evi hopst auf der Stelle. „Tick Tack, meine Liebe, wir sind knapp dran!" Sie hält ihr Handy hoch und deutet auf die glühenden Ziffern ihres Sperrbildschirms. „Es ist schon fünf vor halb!"

„Schon gut, schon gut! Laufen wir!" Ich hake mich bei meiner Freundin unter und ziehe sie mit mir mit. Meine Absätze klackern so laut auf dem Pflaster, dass es über den Marktplatz hallt.

„Ich bin so aufgeregt", gesteht Evi, als sie sich in Gleichschritt mit mir fallen lässt. „Das wird bestimmt ganz seltsam."

„Mit Ismet?" Die Frage könnte ich mir eigentlich sparen, aber ich weiß, dass sie die Aufforderung braucht, um loszuwerden, was ihr durch den Kopf geht.

„Er war einigermaßen überrascht, dass ich ihn gefragt habe, ob er zum Kleinkunstabend geht." Sie seufzt und verringert ihr Tempo. „Vielleicht war das doch eine schlechte Idee. Vielleicht ist er doch nicht mehr interessiert."

„Unsinn!", widerspreche ich ihr und zerre sie weiter. „Wenn er kein Interesse hätte, hätte er dir einen Korb gegeben. Der ist bestimmt total happy." Ich stupse sie an. „Und genauso nervös wie du."

„Glaubst du wirklich?" Evis Stimme ist beinahe zittrig.

„Ja, wirklich! Nun komm schon, Evgenia, mach dich nicht kirre." Ich tätschele ihren Arm. „Das wird ein toller Abend. Und wenn Ismet sich komisch benimmt, wird es eben ein Mädelsabend."

Sie wendet mir ihr Gesicht zu und ihre Augen funkeln dankbar hinter den Brillengläsern. „Du hast recht."

„Natürlich habe ich recht", brüste ich mich. „Deswegen hast du mich ja auch als fünftes Rad zu deinem Date eingeladen."

Sie schnaubt. „Das war keine Einladung, sondern das Einlösen einer Schuld. Apropos ..." Sie grinst mich an. „Du schuldest mir noch eine Antwort!"

„Was?" Ich stelle mich ahnungslos.

„Du hast gesagt, wenn ich Ismet um ein Date bitte, verrätst du mir, mit wem du neulich die Nacht verbracht hast!" Sie stupst mich in die Seite.

„Habe ich das gesagt?" Ich spiele die Unwissende und kratze mich am Kopf.

„Jetzt tu nicht so!" Sie bleibt stehen. „Du weißt es genau! Versuch nicht, abzulenken."

„Okay, okay", gebe ich zu. „Aber wir können jetzt nicht hier stehenbleiben, um darüber zu reden."

Widerwillig läuft Evi weiter. „Dann sag es mir einfach im Gehen."

Ich seufze. „Es ist eine etwas längere Geschichte."

„Eine Geschichte?" Meine Freundin klingt alarmiert. „Heißt das, du hast ihn wiedergesehen?"

„Nicht direkt", sage ich abwägend.

„Nicht direkt?" Evis Stimme echot in der Gasse, in die wir jetzt vom Platz abbiegen. „Was soll das denn bedeuten?"

„Es bedeutet", wispere ich nah an ihrem Ohr, „dass wir da wann anders drüber reden, okay? Nicht in irgendeiner Seitenstraße hundert Meter vor dem Theater!"

Der beleuchtete Eingang des alten Schauspielhauses ist schon in Sichtweite.

„Glaub ja nicht, dass ich das vergesse!" Evi schüttelt genervt den Kopf. „Du hast versprochen, es mir zu sagen. Diese ganze Geheimnistuerei gefällt mir gar nicht!"

Ich lache auf. „Dir gefällt nur nicht, dass du es nicht weißt."

„Und ob mir das nicht gefällt!", zetert meine Freundin. „In all den Jahren, in denen ich dich kenne, hat es noch nie etwas Gutes bedeutet, wenn du mir etwas verheimlicht ha..."

„Hallo Evgenia", unterbricht sie eine warme Stimme.

Wir bleiben beide abrupt stehen, um nicht mit Ismet, der quasi direkt vor uns aufgetaucht ist, zu kollidieren.

„Hi", piepst Evi, als hätte sie bei seinem Anblick ganz plötzlich vergessen, wie man spricht.

Ihr Date steht in einem schlichten Hemd mit Stehkragen und dunklen Stoffhosen vor uns. Alles passt perfekt, wie man es bei einem Mann vom Fach erwarten würde. Sein Lächeln ist schüchtern, beinahe niedlich für so einen großen, bärtigen Mann. Ich kann die Funken, die zwischen den beiden fliegen, förmlich sehen. Und trotzdem geben meine Freundin und ihr langjähriger Bewunderer vor, sich mehr für ihre jeweiligen Füße zu interessieren.

„Ich, ähm, habe für euch zwei Plätze in der ersten Reihe freigehalten", erklärt Ismet mit gesenktem Blick.

„D-Danke", stammelt Evi.

Ich rolle mit den Augen. „Cool. Bist du allein hier, Ismet?", frage ich, weil ich nicht dabei zusehen möchte, wie das Gespräch gegen die Wand fährt.

Er sieht auf. „Mein Kumpel Hamza ist drinnen. Er sorgt dafür, dass uns niemand die Sitze klaut."

„Super! Dann nichts wie rein, oder?", schlage ich vor und stoße Evi auffordernd in die Seite.

„Klar!", japst sie und setzt sich in Bewegung.

Ismet hält uns galant die Tür zum Theater auf.

Evi und ich lösen zwei Karten an der Abendkasse und durchqueren dann das Foyer, um unsere Jacken an der Garderobe abzugeben.

Wir müssen kurz warten, bis die zwei Aushilfen uns die Marken im Austausch für je einen Euro Verwahrungsgebühr aushändigen. Ich nutze die Gelegenheit und schaue mich etwas genauer um.

Mein letzter Besuch in diesem Theater muss Jahre her sein. Vielleicht noch zu meiner Realschulzeit?

Die alten Wandlampen, die den Vorraum in ein warmes, wenn auch etwas lückenhaftes Licht tauchen, hingen aber schon damals an den blassen Tapeten. Auch die Fotografien längst vergangener, glamouröserer Spielzeiten haben sich nicht verändert. Selbst die Schatten, die sich zwischen den Wandbehängen abzeichnen, kreieren noch dieselbe geheimnisvolle Atmosphäre. Und man läuft noch immer zwischen langen, grünen Samtschals hindurch in den Theatersaal.

Wir betreten den Zuschauerraum und laufen einen schmalen Gang nach vorne zur ersten Reihe. Ein junger Mann in einer Art knielanger Tunika springt auf und winkt uns zu sich. Nach einer kurzen Begrüßung setzen wir uns auf die drei leeren Plätze neben ihm.

Ismet lässt sich direkt neben Hamza nieder, Evi hockt sich scheu dazu. Für mich bleibt ein Sitz zwischen meiner Freundin und einer fremden, älteren Dame übrig.

„Guten Abend", sage ich höflich und zwänge mich in den schmalen Sessel.

Als ich meinen rechten Arm auf die Lehne lege, greift Evi prompt nach meiner Hand.

„Er ist zu nah!", zischt sie mir alarmiert ins Ohr. „Was mache ich jetzt?"

Ich glucke. „Die Show genießen?"

„Wie soll ich mich auf irgendetwas konzentrieren, wenn er *direkt da* ist?" Panik schwingt in ihrem Flüstern mit. „Wir berühren uns quasi!"

Ich lehne mich nach vorne und stelle amüsiert fest, dass meine Freundin und ihr Date penibel darauf bedacht sind, sich in der engen Sitzsituation nicht zu streifen.

„Ihr seid goldig", wispere ich.

„Ich drehe hier gleich durch, Dahlia", knurrt sie durch zusammengepresste Lippen.

„Beruhige dich, okay?" Ich lasse mich wieder gegen die Lehne sinken und streiche über ihren Arm. „Die Reihe und ..." Ich sehe mich kurz um. „Der ganze Saal ist voll besetzt. Wir müssen jetzt bleiben, wo wir sind, und ihr müsst euch einfach entspannen."

„Entspannen." Ihr leises Schnauben ruft Ismet auf den Plan.

„Alles okay?", erkundigt er sich freundlich bei uns.

„Alles bestens", versichere ich ihm grinsend und hoffe, dass Evi sich auch einen Ruck gibt und zuversichtlich zurücklächelt.

Im nächsten Moment wird das Licht im Zuschauerraum gelöscht und der Vorhang vor der Bühne teilt sich.

Ein einzelner Spot scheint auf die Bretter, die jetzt eine Frau im mittleren Alter betritt. „Guten Abend", begrüßt sie das Publikum.

„Danke, dass Sie so zahlreich zu unserem Klein-kunstabend erschienen sind." Höflicher Applaus erklingt im Raum. „Die heutige Veranstaltung soll ein Querschnitt durch die künstlerische und kulturelle Vielfalt hier in Fichtingen sein. Als Vorsitzende des Vereins *Freunde des Alten Theaters* bin ich sehr stolz auf das abwechslungsreiche Programm, das wir Ihnen präsentieren dürfen." Wieder wird geklatscht. „Ich bin auch sehr dankbar für alle unsere Sponsoren, die in Zusammenarbeit mit unserem Verein dieses Gebäude und dieses Kulturangebot erhalten. Besonders hervorheben möchte ich Gemischtwaren Pfenning, die Stadtbus Fichtingen GmbH und die Privatbank Driessen, die uns im letzten Jahr mit großzügigen Spenden unterstützt haben."

Der Spot springt zu einer kleinen Loge links der Bühne, wo ich neben dem Leiter des örtlichen Supermarkts noch den Chef des Busunternehmens und – Überraschung – Kilian Hartmuth mit ihren jeweiligen Begleitungen entdecke.

Ich rümpfe die Nase.

Großzügige Spenden also. Aha.

Wie nett.

Zorn regt sich in mir und ich höre nicht richtig zu, als die Frau die ersten Programmpunkte des Abends ankündigt.

In meinem Kopf geht es wieder um das *Eulenspiegel* und unseren Kampf, es zu erhalten. Ich denke wieder an Onkel Willi und wie es ihm seit gestern Mittag geht. Er hat mir noch immer nicht erzählt, was sein jüngster Kontakt mit der Bank ergeben hat, aber ich merke, wie es an ihm nagt. Es ist schwer, ihn so ratlos zu sehen. Und noch schwerer nicht zu wissen, wie es weitergeht.

Es macht mich ängstlich und wütend zugleich.

Applaus brandet auf. Die Eröffnungsrede scheint vorbei zu sein und wieder verändert sich die Beleuchtung im Saal.

Zwei Teenager in eleganter Abendgarderobe kommen auf die Bühne und tragen ein Duett vor, das von einer kleinen Gruppe Musiker begleitet wird. Nach dem herzzerreißenden Lied tritt eine Hip-Hop-Gruppe des Fichtinger Tanzstudios auf. Sie präsentieren ihre Moves zu einer Art Remix von Beethovens neunter Symphonie. Es ist cool und so faszinierend, dass ich meinen Ärger langsam vergesse.

Ich lache sogar über den Kabarettisten, der als nächster Act erscheint, obwohl seine Witze nur so semi-lustig sind. Der jungen Jongleurin, die ihm nachfolgt, jubele ich deutlich begeisterter zu. Sie wirbelt fünf Glasflaschen gekonnt durch die Luft und gibt dabei die Zwanziger-Jahre-Barkeeperin. Ich mag die Speakeasy-Vibes der Nummer und frage mich, ob ich so eine Showeinlage wohl auch erlernen könnte.

Was würden die Gäste im *Eulenspiegel* dazu sagen?

Der Gedanke lässt ein Kichern aus mir heraussprudeln. Ich bin so gut drauf, dass ich im Takt der „Dream Drum Crew" auf meinem Sitz wippe, als sie sich in langen, hippiemäßigen Gewändern auf die Bühne zubewegt. Sie stellen sich im Halbkreis auf und schlagen wie in Trance auf ihre Trommeln, bis die Glocke zur Pause erklingt.

Ich lächele, als das Licht im Zuschauerraum wieder angeht. Was für ein schöner Abend.

9 – M wie Magie

Was für ein Scheißabend.

Ich stehe zwischen Evi und Ismet, die es einfach nicht schaffen, mehr als zwei Sätze miteinander zu wechseln. Meine beste Freundin bringt kaum ein Wort hervor, während Ismet mehr mit seinem Kumpel Hamza spricht als mit ihr. Und beide wirken dabei so gequält, dass man es kaum mitansehen kann.

„Komm, wir gehen uns mal die Nase pudern!", verkünde ich und nehme Evgenia am Arm. „Entschuldigt uns, Jungs!"

Evi protestiert leise, lässt sich aber in Richtung der Damentoiletten ziehen. Die Schlange, die dort zu Beginn der Pause noch war, hat sich aufgelöst, also gehen wir direkt in den Vorraum mit den Waschbecken.

„Okay." Ich platziere meine Freundin rechts neben einem Handtuchspender. „Was ist dein Plan?"

„Mein Plan?" Sie sieht mich aus großen Augen an.

„Ja." Ich verschränke die Arme. „Die Evgenia, die ich kenne, hat immer einen Plan. Immer ein Alibi. Immer eine Ausrede. Was ist deine?"

Sie weicht meinem Blick aus und fummelt an einer ihrer Locken herum. „Ich weiß nicht, was du meinst."

„Gut, dann formuliere ich es anders." Ich hole tief Luft. „Willst du, dass Ismet denkt, dass du ihn nicht magst?"

„Was?" Sie starrt mich an.

„Es macht nämlich ganz diesen Eindruck. Du siehst ihn kaum an. Deine Antworten sind total einsilbig ..." Ich schnaube. „Er unterhält sich da draußen mit diesem Hamza, der bestimmt nur sein Wingman für den heutigen Abend sein sollte, anstatt mit dir zu flirten."

„Mist." Evi presst die Lippen aufeinander. „Es läuft richtig mies, oder?"

„Für ein Date?" Ich verdrehe die Augen. „Ähm, ja, definitiv. Und ich verstehe nicht warum. Ich meine, hast du keine Lust mehr?" Ich strecke eine Hand nach ihr aus und streiche über ihren Oberarm. „Sollen wir gehen?"

„Nein!" Ihre Antwort kommt wie aus der Pistole geschossen. „Ich ..." Sie seufzt. „Ich bin nur wirklich supernervös. Er ist echt nett und er sieht heute Abend wirklich gut aus. Er riecht sogar richtig toll und ..." Sie fasst sich in den Nacken. „Ich habe ihn nach dieser Sache bei meinen Eltern ziemlich angefahren und jetzt habe ich das Gefühl, ich muss heute vielleicht ein bisschen ... ich weiß auch nicht ... zurückhaltender sein? Ich will nicht irgendetwas sagen, was ihn entmutigt."

„Also sagst du lieber gar nichts?" Ich hebe eine Braue. „Evi, ganz ehrlich, lass es! Versuche nicht, irgendjemand zu sein, der du nicht bist. Ismet himmelt dich seit Jahren an. Er weiß, dass du kein Blatt vor den Mund nimmst. Er hat verstanden, dass das mit deinen Eltern daneben war. Ich denke nicht, dass er so leicht zu verunsichern ist, wie du glaubst. Sonst wäre er doch gar nicht hier." Ich versuche, sie mit einem Grinsen aufzumuntern. „Aber wenn du weiter so ungewohnt still bist, wird er vielleicht wirklich entmutigt sein und denken, dass du ihn doch nicht magst. Willst du das?"

Sie schüttelt den Kopf und zeigt mir ein kleines Lächeln. „Nein, natürlich nicht. Du hast recht." Wie um sich selbst zu beruhigen, streicht sie über ihr Haar und glättet ihre Bluse. „Wie sehe ich aus?"

„Hmm ..." Ich schaue sie aus zusammengekniffenen Augen an. „Ein bisschen blass um die Nase." Ich hole den kleinen Kosmetikbeutel aus meiner Handtasche. „Aber das haben wir gleich!" Schnell öffne ich den Reißverschluss und reiche ihr einen Tiegel Creme-Rouge. „Hier!"

Meine Freundin wendet sich dem Spiegel zu und ich tue es ihr gleich. Während sie ihre Wangen und Lippen mit rosiger Farbe betupft, ziehe ich meinen Lidstrich nach und kämme mein Haar. Wir sind noch dabei, uns frisch zu machen, als zwei junge Frauen neben uns an die Waschtische treten.

„Du willst mich doch veräppeln!", wirft eine der anderen vor und dreht den Wasserhahn auf. „Das stimmt nie im Leben!"

„Und ob!" Die Zweite bedient sich am Seifenspender. „Er ist es! Ich kenne alle seine Videos von TikTok und Instagram. Ich würde den überall wiedererkennen."

„Du bist so ein peinliches Fangirl", macht sich die Erste lustig. „Und das ist dir voll zu Kopf gestiegen. Einer wie der tritt doch nicht in Fichtingen auf."

Ihre Begleiterin schmollt. „Du wirst es schon sehen. Er hat den letzten Slot heute Abend. Der Freund von meiner Cousine hilft hinter der Bühne und hat es mir gesagt", behauptet sie und das Gezeter der beiden geht weiter, bis sie sich die Hände gewaschen und die Damentoilette verlassen haben.

Evi und ich werfen uns über den Spiegel einen Blick zu.

„Was war das denn?", keuche ich amüsiert und lege etwas Lippenbalsam auf.

Evi kichert. „Keine Ahnung. Aber es klingt ganz so, als würden wir heute Abend noch eine echte Berühmtheit auf der Bühne sehen."

In diesem Moment erklingt der Gong.

„Na dann gehen wir besser schnell zurück auf unsere Plätze." Ich zwinkere meiner Freundin und meinem Spiegelbild zu. „Nicht dass uns der Social-Media-Star noch entgeht."

Wir kehren zu den beiden Männern zurück und ich bin erleichtert, als Evi Ismet ohne Umschweife von den Promi-News berichtet, die wir im Waschraum aufgeschnappt haben.

Ich gehe als Letzte unserer Vierergruppe in den Theatersaal und wir nehmen, kurz bevor das Licht wieder gelöscht wird, unsere Sitze ein.

Die Show wird fortgesetzt mit Tanzeinlagen, Poetry-Slam und einem berührenden Klavierstück, das – wie uns Hamza voller Stolz erklärt – von seiner Schwester gespielt wird.

Ich fange schon an zu glauben, dass man der jungen Frau aus der Damentoilette wirklich einen Bären aufgebunden hat, denn bisher hat sich noch keiner der Darstellenden als Medien-Persönlichkeit geoutet.

Nicht, dass ich das beurteilen könnte. Ich benutze soziale Medien hauptsächlich, um mit Evi lustige Memes und Videos hin und her zu schicken oder um neidisch die Urlaubsfotos von früheren Klassenkameradinnen und Arbeitskollegen zu stalken.

Würde ich aktiv teilen, was so in meinem Leben passiert, wären das jeden Tag nur Fotos von Biergläsern, Kaffeetassen und einer passiv-aggressiven Papageiendame.

Ich denke noch darüber nach, wie wenig ich mit aktuellen Trends und Celebrities up to date bin, als die Dame, die schon den ganzen Abend durch das Programm begleitet, den letzten Auftritt anmoderiert.

„Zum Abschluss freuen wir uns, Ihnen heute ein neues Gesicht in unserer Stadt zu zeigen." Sie schielt auf eine kleine Karte in ihrer Hand. „Die Jüngeren unter Ihnen werden ihn vielleicht von TikTok, Instagram oder YouTube kennen, wo er kurze Filme seiner Illusionen teilt. Wenn Sie, wie ich, zu der älteren Generation gehören, ist er Ihnen vielleicht kürzlich in der Bank behilflich gewesen." Gelächter erklingt hier und da im Publikum. „Heute ist er aber als Entertainer hier bei uns, mit seinen Zaubertricks ..."

Ich weiß, wer die Bühne als Nächstes betritt, noch bevor sie seinen Namen ausspricht. Als das Kreischen von Teenagern aus den hinteren Reihen erklingt, ist mir völlig klar, wen sie willkommen heißen.

Es ist Magnus.

Beschwingt kommt er von der linken Seite. Er trägt wieder sein zerschlissenes Paar Jeans, ein schwarzes T-Shirt und die Cordjacke. Er sieht beinahe genauso aus wie an dem Abend, an dem ich ihn das erste Mal gesehen habe.

„Oh, das ist der Typ, der neulich bei mir Mittagessen geholt hat! Weißt du noch? Er ist direkt nach dir in den Laden gekommen", wispert Evi mir aufgeregt zu. „Er arbeitet in der Bank und hat mir die Flyer für heute Abend dagelassen. Netter Kerl!"

Ich reagiere nicht. Ich starre ihn nur an. Nehme jedes Detail, das vom Scheinwerfer erleuchtet wird, wahr. Die roten Strähnen, die ihm ins Gesicht fallen, als er der Moderatorin die Hand gibt. Wie er sich locker aus seiner Jacke schält, als die Dame die Bühne verlässt.

Sein Blick schweift durch den Saal und obwohl er sie gegen das gleißende Licht des Spots unmöglich erkennen kann, wirft er seinen Fans ein strahlendes Lächeln zu.

„Danke. Das ist sehr freundlich", begrüßt er das Publikum. „Ich bin Magnus, aber weil das nicht cool genug für einen Magier klingt, nenne ich mich lieber Mac." Er reibt die Hände gegeneinander. „Ich bin neu in Fichtingen und umso mehr freut es mich, dass ich heute Abend hier sein darf." Er deutet eine Verbeugung an.

Höflicher bis euphorischer Applaus brandet auf. Man merkt, welcher Teil der Zuschauenden ihn bereits kennt und welcher nicht. Ich wünsche mir insgeheim, ich würde zu Letzterem zählen.

„Meine Spezialität sind Kartentricks", fährt Magnus fort. „Und genau damit fangen wir auch an."

Ein Deck Spielkarten ist plötzlich in seiner rechten Hand und das Raunen um mich herum verrät mir, dass ich nicht die Einzige bin, die nicht gesehen hat, wie es dorthin gelangt ist.

„Meine liebste Karte in so einem Deck ..." Er zieht ein scheinbar beliebiges Blatt aus dem Stapel hervor. „Ist der Joker." Er zwinkert. „Weil er die frechste Karte ist. Man muss ihn ganz genau im Auge behalten." Er hält das kleine Bild eines Narren mit seiner linken Hand hoch. „Sonst wechselt er ..." Magnus dreht sich um die eigene Achse. „Einfach die Seiten." Das Deck ist auf einmal in seiner linken Hand und der grinsende Joker in seiner rechten.

Evi neben mir jubelt auf. „Oh wow! Hast du das gesehen? Wie hat er das so schnell getauscht?"

Ich mahle mit meinen Backenzähnen.

Nein, ich habe es nicht gesehen.

Ich will es auch gar nicht sehen.

Und ich will nicht davon fasziniert sein.

Ich versuche, meinen Blick von Magnus loszureißen, aber da fesselt er meine Aufmerksamkeit schon mit seinem nächsten Trick.

„Spielkarten sind nicht nur frech, sondern manchmal auch nicht ganz ungefährlich", fährt er fort, während er mit spielender Leichtigkeit das Deck mischt. Die Karten fliegen nur so durch seine Finger. Als er schließlich alle Blätter festhält, greift er mit der freien Hand in die Gesäßtasche seiner Hose. „Man muss sie manchmal regelrecht aufspießen, damit sie keine Dummheiten machen." Er präsentiert einen Dolch, von dem ich hoffe, dass er nicht echt ist. Meine Sitznachbarn schnappen nach Luft.

„Jetzt brauche ich ein klein wenig Unterstützung aus dem Publikum", verkündet Magnus. „Wer hier spielt gern Karten? Bitte einfach mal ein Handzeichen geben."

Er blinzelt gegen das Licht und wer auch immer die Bühnenbeleuchtung bedient, scheint den Hinweis zu verstehen. Der Spot auf Magnus wird gedimmt, während gleichzeitig die Beleuchtung im Saal angeht.

Ich widerstehe der Versuchung, mich umzuschauen, um zu sehen, wer die Hand hebt.

Jetzt da er nicht mehr geblendet wird und ich nicht mehr in der Dunkelheit sitze, wird mir allzu bewusst, dass Magnus mich problemlos erkennen könnte. Ich senke den Kopf und drücke mich tiefer in meinen Sitz.

„Ja, der Herr mit der Weste!" Er hat anscheinend einen Freiwilligen gefunden. „Kommen Sie doch einmal hoch zu mir! Kleiner Applaus bitte für meinen neuen Assistenten!"

Ich starre nur auf meine verkrampften Finger in meinem Schoß, während der Rest des Publikums klatschend den Herrn zur Bühne geleitet.

„Kommen Sie zu mir, direkt zu mir. Danke." Das Licht im Saal verändert sich wieder, sodass die volle Aufmerksamkeit bei Magnus und dem Mann ist, der mit ihm den nächsten Trick durchführt. „Sie spielen Karten? Welches Spiel?"

„Rommé", murmelt der Mann und ich glaube, die Stimme aus dem *Eulenspiegel* wiederzuerkennen. Er könnte einer der Stammgäste sein, die sich zum Spielen in unserer Kneipe treffen.

Vorsichtig linse ich hoch und entdecke einen grauhaarigen Menschen in einer Tweed-Weste und passenden Hosen. Eindeutig ein bekanntes Gesicht für mich, auch wenn mir seine übliche Bestellung präsenter ist als sein Name.

„Rommé also ... Gutes Spiel." Magnus lehnt sich kumpelhaft zu dem Älteren hinüber. „Dann haben sie doch sicher eine Lieblingskarte?"

„Mhm." Der Mann brummt in seinen – ebenfalls grauen – Bart. „Den Herzbuben."

„Herzbube!", wiederholt Magnus lachend. „Großartig. Also dann ..." Er drückt dem Mann den Stapel Karten in die Hand. „Mischen Sie das Deck noch einmal gut durch. Versichern Sie sich, dass die Karten nicht geordnet sind."

Der ältere Herr tut wie ihm geheißen. Magnus lässt währenddessen den spitzen Dolch über seine Finger tanzen.

„Sehen die Karten für Sie gezinkt oder irgendwie ungewöhnlich aus?", fragt er provokativ.

Der Mann, der noch ganz auf das Mischen konzentriert ist, schüttelt vehement den Kopf.

„Ist Ihre Lieblingskarte darunter?", hakt Magnus noch mal nach.

Der Herr fächert das Deck so auseinander, dass nur er die Vorderseite der Karten sehen kann, und nickt.

„Gut, dann geben Sie mir jetzt den Stapel." Magnus nimmt die Karten mit einem dankenden Nicken entgegen. „Ich werde ihre Lieblingskarte in diesem Deck finden, und zwar mithilfe dieses Dolches." Er legt den Stapel flach auf seine linke Hand, das Messer blitzt in seiner Rechten.

Ohne zu zögern, holt er aus und rammt die Klinge in die Spielkarten. Evi neben mir schreit auf und auch ich kann mir einen panischen Laut nicht verkneifen.

Ist der von allen guten Geistern verlassen?

Der stößt sich das Messer doch in die eigene Hand!

Magnus Gesicht ist für einen Moment schmerzverzerrt, bevor er mit einem schiefen Grinsen das besorgte Publikum erlöst. „Keine Sorge, es ist nichts passiert", versichert er dem Saal. „Also zumindest nicht meiner Hand. Sagen Sie mir ..." Er dreht sich zu seinem Assistenten und hebt die mit dem Dolch aufgespießten Karten vom Stapel ab. „Welche Karte sehen Sie hier zuunterst?"

„Das ist ..." Der Mann schüttelt ungläubig den Kopf. „Ist das denn die Möglichkeit? Es ist der Herzbube! Wie haben Sie genau den erwischt?"

Beifall schwappt durch den Raum und Magnus verabschiedet den Herrn mit großer Geste von der Bühne. Ich schnalze mit der Zunge.

Unglaublich.

Für einen kurzen Moment habe ich mir Sorgen gemacht. Aber es ist alles nur Show. Er ist nur ein Angeber.

Ich bin drauf und dran, die Gelegenheit zu nutzen und mich, während das Publikum und Magnus noch abgelenkt sind, aus dem Saal zu schleichen.

Aber gerade, als ich denke, mich von meinem Platz in der ersten Reihe davonstehlen zu können, spricht Magnus über das Geplapper und Klatschen der Leute hinweg.

„So, für den nächsten Trick, darf mir gern wieder jemand hier oben Gesellschaft leisten." Er legt eine kurze Kunstpause ein. „Wie wäre es denn mit der jungen Dame hier vorne?"

10 – Herzschläge

„Dahlia, der meint dich."

„Nein."

„Doch!" Evi stößt mich grinsend in die Seite. „Der meint hundertprozentig dich. Komm schon, geh hoch zu ihm!"

Nein.

Nein, nein, nein.

Ich will es nicht wahrhaben, aber ich brauche nur einen Blick in Magnus' Richtung zu riskieren und es ist unmissverständlich, dass er mich fixiert.

„Keine Angst", sagt er in schmeichelndem Tonfall. „Ihnen passiert nichts. Zaubererehrenwort!"

Ich kneife die Augen zusammen. Doch mein mahnender Blick lässt sein Lächeln nur noch breiter werden.

„Kommen Sie schon!" Er macht Anstalten, mir entgegenzulaufen. „Wenn man bei so einer Veranstaltung in der ersten Reihe sitzt, muss man mit sowas rechnen."

„Los, Dahlia!" Evi schiebt mich förmlich aus meinem Sitz. „Sei keine Spielverderberin!"

Ich komme auf die Beine und im nächsten Moment steht Magnus direkt vor mir, bietet mir den Arm an und aus irgendeinem Grund hake ich mich ein.

Das Publikum klatscht und ich lasse mich ohne Gegen-
wehr von ihm die Stufen nach oben führen.

„Ich dachte nicht, dass du kommen würdest", raunt er
mir bei unserem gemeinsamen Aufstieg ins Ohr. „Und dann
auch noch ganz vorne in der Mitte sitzen. Nicht gerade
diskret von dir."

Ich will ihm sagen, dass ich nicht seinetwegen hier bin.
Dass ich nur Evi begleite und dass ich selbst das nicht getan
hätte, wenn ich gewusst hätte, dass er hier auftritt. Aber mein
Mund ist staubtrocken und meine Zunge wie gelähmt. Mein
restlicher Körper betrügt mich auch, denn er genießt es,
Magnus so nah zu sein, und würde sich am liebsten an ihn
schmiegen. Verdammter Verräter.

„So. Wie gefällt dir die Show bisher?", fragt er mich laut
genug, dass es durch den Saal schallt, und läuft mit mir in die
Mitte der Bühne. „Ich darf doch *du* sagen? Dahlia?"

Er gibt vor, meinen Namen gerade erraten zu haben.
Und obwohl es einen warmen Schauder über meinen Rücken
jagt, wie er jede einzelne Silbe betont, funkele ich ihn an.

„Ist ganz okay", ringe ich mich hindurch zu sagen.

„Okay?", wiederholt er lachend und gibt meine Hand
frei. „Du findest die Show nur *okay*?"

Ich zucke mit den Schultern.

„Ich sehe schon, du bist schwer zu beeindrucken." Er
schnappt sich wieder seinen Stapel Karten. „Und dass ich
mein Deck im letzten Trick ruiniert habe, macht es natürlich
auch nicht leichter."

Er schüttelt den Kopf und wirft die Karten in die Luft.

„Und diese hier ..." mit einer eleganten Bewegung fängt
er eine auf, „... hat es besonders hart erwischt." Er hält mir
das Blatt hin. „Kannst du beschreiben, wie diese Karte
aussieht?"

85

Ich greife danach. „Sie hat ein Loch in der Mitte. Ein ziemlich großes, rundes."

„Sieht es aus wie die Einstichstelle eines Dolches?", hakt er nach.

Ich schüttele den Kopf. „Nein. Eher wie ausgeschnitten."

Er nickt. „Kannst du bestätigen, dass es ein echtes Loch ist?" Magnus sieht mich abwartend an.

Weil mir nichts Besseres einfällt, stecke ich meinen Finger durch die kreisrunde Lücke im Blatt.

Er grinst. „Perfekt. Damit wäre das klar." Er nimmt mir die Karte ab. „Aber sag mal ..." Sein Blick ist kurz irritiert, während er das Blatt von allen Seiten begutachtet. „Wie hast du das denn gerade gemacht?"

Er hält die Karte vor seine Brust. Ganz so, als wollte er es mir nachtun und auch einen Finger hindurchschieben. Doch seine Fingerkuppe stößt gegen das Loch, das sich einen Moment später als schwarzer Sticker entpuppt.

Magnus zieht den Aufkleber mühelos ab.

„Was?", entfährt es mir und ich reiße die Karte ungläubig wieder an mich. Es ist dieselbe Karte, aber das Loch ist verschwunden. Als wäre es nie da gewesen. „Wie?"

Während ich ihn verblüfft ansehe, beginnen die ersten Reihen schon zu applaudieren.

In Magnus' Bernsteinaugen blitzt es.

„Danke", verkündet er. „Du hast meine Karte repariert."

Ich schüttele den Kopf, drehe und wende das Blatt zwischen meinen Fingern.

„Behalte sie ruhig." Magnus zwinkert mir zu. „Du kriegst auch noch ..." Er greift über meine Schulter, streift ganz sachte mein Ohr. „Ein kleines Dankeschön."

Als seine Hand wieder in meinem Blickfeld ist, hält er ein Bonbon zwischen Daumen und Zeigefinger.

Zögerlich greife ich nach der Süßigkeit, die in silbernes Papier gewickelt ist. Er zwinkert mir zu, ein letzter Blickwechsel passiert zwischen uns, dann wendet er sich wieder an das Publikum. „Ein kleiner Applaus für meine charmante Unterstützung." Er führt mich zum Bühnenabgang und ich kehre unter den Blicken der anderen Zuschauerinnen und Zuschauer zu meinem Platz zurück.

„Wie cool, Dahlia!", begrüßt mich Evi, als ich mich in meinen Sitz sinken lasse. „War das nicht mega? Was für ein krasser Typ!"

Ismet räuspert sich vernehmlich neben uns, aber meine Freundin bemerkt es gar nicht. Sie schaut mich begeistert und erwartungsvoll an.

„Äh ... äh, ja", bringe ich mit klopfendem Herzen hervor. „Wirklich mega."

Evi scheint zufrieden mit meiner ungelenken Antwort und schaut wieder zur Bühne.

Ich blicke auf das Bonbon in meiner Hand. Minutenlang starre ich es an, während vor mir Magnus' Auftritt weitergeht. Dann wickele ich es langsam auseinander.

Ich bin nur halb überrascht als ich im Innern der Packung nicht nur eine Zuckerkugel, sondern auch einen kleinen Zettel finde.

Darauf geschrieben stehen zwei Worte:
Erwischt, Prinzessin.

Nach dem Ende der Veranstaltung bildet sich ein kleiner Menschenauflauf im Foyer. Alle wollen gleichzeitig ihre Jacken holen oder noch ein kurzes Gespräch mit den Akteurinnen und Akteuren führen, bevor sie das Theater verlassen.

Ich lehne mich an die Wand und warte ab.

Evi steht ein paar Schritte entfernt, errötet und lacht, während sie sich mit Ismet unterhält.

Hamza hat sich zu Leuten gesellt, die vermutlich seiner Familie angehören, denn alle beglückwünschen seine jüngere Schwester, die vorhin so atemberaubend schön Klavier gespielt hat. Das Mädchen strahlt und hält ein üppiges Blumenbouquet in der Hand.

Mein Blick wandert weiter, streift mehr oder weniger bekannte Gesichter, bis er schließlich bei Magnus landet. Er steht neben der jungen Frau, die sich vorhin in der Damentoilette so auf seinen Auftritt gefreut hat, und posiert mit ihr für ein Selfie. Dicht daneben warten ein paar Teenager, die auch schon ihre Smartphones für ein Foto gezückt haben.

Wow, so viel Fame muss anstrengend sein!

Ich verdrehe die Augen und bemerke noch eine Person, die Magnus Fangemeinde missbilligend mustert.

Kilian Hartmuth scheint auf den Sohn seines Chefs zu warten. Einen Arm hat er um die junge Dame gelegt, die ihn heute Abend begleitet, den anderen Arm hebt er immer wieder genervt vor die Brust, um die Uhrzeit zu checken. Es sieht ganz so aus, als wäre er nicht nur neidisch angesichts der Aufmerksamkeit, die Magnus bekommt, sondern auch sehr ungeduldig.

Ich grinse in mich hinein. Wenn es Kilian einen Dämpfer verpasst, darf *Mac*, gern noch ein wenig seine Popularität auskosten.

Auf die Gefahr, dass man mir meine Schadenfreude aber doch zu sehr ansehen könnte, beschließe ich, mich nicht mehr länger an der Wand herumzudrücken.

„Ich hole schon einmal unsere Jacken", sage ich zu Evi. „Gib mir mal deine Marke!"

Sie fummelt das Metallplättchen aus ihrer Hosentasche und nickt mir dankend zu, bevor sie über etwas besonders Humorvolles, das ihr Ismet gerade mit glühenden Wangen erzählt, kichert.

Ich freue mich, dass der Abend für die beiden so eine nette Wendung genommen hat. Je länger ich sie zusammen sehe, desto mehr glaube ich, dass das etwas wirklich Gutes werden könnte.

Ich bahne mir meinen Weg durch die Menschen, die sich nun mehrheitlich in Richtung Ausgang bewegen. Als ich in der Ecke, in der sich die Garderobe befindet, ankomme, steht dort niemand mehr an und der Tresen ist gerade nicht besetzt. Ich werde mich ein wenig gedulden müssen.

Um vorbereitet zu sein, sobald die Besetzung zurückkehrt, greife ich in die Tasche meines Rocks, um auch meine Abholmarke hervorzuholen. Doch statt dem münzgroßen Plättchen ziehe das Bonbonpapier von vorhin heraus. Ich hatte es, inklusive der kleinen Botschaft, zusammengeknüllt.

„Hat es dir wenigstens geschmeckt?", erklingt plötzlich eine Stimme hinter mir. „Ich horte nämlich seit Tagen in allen meinen Hosentaschen Orangen-Bonbons, weil ich auf die richtige Gelegenheit für diesen Trick gewartet habe." Magnus lehnt sich neben mir an den Tresen. Er erscheint sichtlich zufrieden mit sich selbst.

Ich sehe ihn nur an. Wenn er erwartet, dass ich mich für die Süßigkeit oder meinen kleinen Einsatz als seine Assistentin bedanke, ist er falsch gewickelt.

„Wo hast du deinen Fanclub gelassen?", frage ich, anstatt ihm zu antworten.

Er hebt eine Augenbraue. „Neidisch?"

Ich schnaube. „Als ob."

„Ich mache auch mit dir ein Foto, wenn du willst." Er kommt ein wenig näher. „Eine kleine Erinnerung an deinen einmaligen Fehltritt, Prinzessin?"

Ich kneife die Augen zusammen. „Du gibst mir ja gar keine Gelegenheit, mich an dich zu *erinnern*." Ich werfe mein Haar über die Schulter. „Du tauchst überall auf, wo ich gerade bin."

Magnus reibt sich übers Kinn. „So wie ich das sehe, bist du diejenige, die heute Abend hier aufgetaucht ist. Ich kann ja wohl nichts dafür, wenn du solche Sehnsucht hast, dass du zu meinem Auftritt kommst."

„Sehnsucht?" Ich lache auf und gebe mir alle Mühe, dass es mehr spöttisch als verlegen klingt. „Träum weiter, *Mac*!"

Er mustert mich mit einem anzüglichen Ausdruck. „Ich mag, wie mein Künstlername aus deinem Mund klingt." Das hungrige Funkeln in seinen Augen verpasst mir eine Gänsehaut. „Und ich mag dein Outfit."

Ich zupfe an meinem Rock und schüttele den Kopf. „Gewöhn dich nicht dran!" Ungeduldig sehe ich mich um. „Wo bleiben die Garderobenleute?"

„Sind vermutlich hinter der Bühne." Magnus zuckt mit den Achseln. „Es gibt noch so eine Art After-Show-Party für alle, die heute Abend aufgetreten sind oder geholfen haben."

„Was machst du dann noch hier?", frage ich spitz. „Geh schon und lass dich feiern."

Es würde mich wirklich sehr beruhigen, wenn er mir nicht mehr so nah wäre.

Wenn er mich nicht mehr so ansehen würde ...

Magnus lächelt wissend, als könnte er den Tumult in mir sehen. „Hier ist es spannender."

„Unfassbar", knurre ich und schwinge mich kurzerhand über den Tresen, um mir meine und Evis Jacke selbst vom

Haken zu holen. Wenn Magnus nicht geht, werde ich zusehen, dass ich nicht länger mit ihm allein bin.

Ich höre ihn lachen und einen Moment später vernehme ich ein Geräusch, dass so klingt, als wäre er hinter mir über die Jackenausgabe gesprungen.

„Dahlia!", raunt er anerkennend. „Du bist ja ein richtiger Gangster."

„Ich habe es nur satt, mit dir hier rumzustehen", entgegne ich und laufe mit suchendem Blick an den Kleiderständern hinab. „Außerdem wartet meine Freundin auf mich."

Ich schaue auf Evis Marke und vergleiche die Zahl darauf mit den Ziffern der noch behangenen Haken. Je weiter ich in den Garderobenraum hineingehe, desto schummriger wird das Licht zwischen den halb leeren Reihen.

„Ich denke, ich habe gefunden, was du suchst", freut sich Magnus hinter mir.

Ich wirbele herum und sehe seine Silhouette ein paar Schritte entfernt. Das zerlebte Material meiner Lederjacke glänzt matt im spärlichen Licht und es könnte wirklich Evis Blazer sein, den er in der anderen Hand hält. Ich gehe auf ihn zu und strecke die Hand danach aus.

„Halt, halt, halt. Nicht so schnell!" Er hält die Jacken so, dass sie gerade außerhalb meiner Reichweite sind. „Ich will etwas dafür."

„Was denn?" Ich versuche, irgendwie an die Klamotten zu kommen, aber er hält mich auf Abstand. „Einen Kuss, oder was?"

„Nein." Magnus schmunzelt. „Aber nett, dass du das anbietest."

„Ich biete es nicht an!" Frustriert verschränke ich die Arme vor der Brust. „Also, was willst du?"

Er gönnt sich einen Moment. „Eine ehrliche Antwort", sagt er dann.

Ich schnaube. „Worauf?"

„Auf die Frage, die ich dir gleich stelle." Sein Ton hat etwas Lauerndes. Ich kann sein Gesicht im Halbdunkel nicht richtig erkennen, aber ich spüre seinen Blick auf mir. Es ist, als würde ein Glühen von ihm ausgehen.

Mir wird heiß und kalt zugleich.

„Mich würde interessieren ..." Er macht einen Schritt auf mich zu. „Ob du manchmal noch an unsere Nacht denkst und ob du ..." Wieder kommt er näher. „Sie nicht insgeheim doch wiederholen willst."

„Wie bitte?" Mein Herz schlägt mir bis zum Hals, als ich die Worte hervorpresse.

„Eine ehrliche Antwort", bittet er. „Mehr möchte ich nicht."

Ich wehre ab. „Was soll ich darauf sagen? Ich habe schon mehr als einmal klargemacht, dass es eine einmalige Sache war."

„Einmalig gut?" Seine Stimme ist weich wie Samt.

„Was? Ich ..." Mir wird warm. Unfassbar warm. Er ist zu nah. Zu einladend. Mein ganzes System schlägt Alarm. „I-Ich habe keine Lust, diese Frage zu beantworten." Ich nehme einen zittrigen Atemzug. „Es würde sowieso nichts ändern, also spielt es keine Rolle."

„Für mich schon", beharrt Magnus. „Für mich spielt es eine Rolle. Ich möchte wissen, was in deinem Kopf vorgeht. Was du willst."

„Aber ich kann nicht einfach tun, was ich will!", platzt es aus mir heraus. „Ich bin nicht wie du! Ich bin nicht irgendein Rich Boy mit Fangemeinde! Ich muss mich an Regeln halten. Ich kann mir nicht alle Freiheiten nehmen."

Mit einem Satz ist er bei mir, beugt sich zu mir herunter. „Du denkst, ich muss mich nicht an Regeln halten?" Er ist so nah, dass ich seinen warmen Atem spüren kann, während er weiterspricht. „Du denkst, ich nehme mir alles heraus? Mache, was ich will?"

Sein Ton ist eindringlich, seine ganze Präsenz so einnehmend, dass mir der Atem stockt.

„Wenn ich jetzt, genau jetzt, tun würde, was ich will ...", beginnt er mit rauer Stimme und hebt eine Hand. „Ich würde dich nicht einmal zu Wort kommen lassen, Prinzessin." Er fasst an mein Kinn, streicht mit dem Daumen sanft über meine Unterlippe. „Ich würde einfach ..." Sein Gesicht ist direkt vor meinem, doch er spricht nicht weiter.

Stattdessen spüre ich seine Hitze an meinem Mund, schmecke ihn schon fast.

Ein Teil von mir will sich ihm entgegenlehnen, will meine Lippen auf seine pressen. Dann, ganz plötzlich, verschwindet seine Hand und mit ihr seine Wärme.

„Aber diese Art Arschloch bin ich nicht." Magnus richtet sich auf und hält mir die Jacken hin, die ich perplex entgegennehme. „Wenn du mir keine Antwort geben willst, dann bleibt es eben dabei. Ich bleibe dein Geheimnis und du meins." Er fährt sich mit einer Hand durchs Haar, lacht leise und ein wenig bitter. „Für mich wird das vermutlich sogar leichter als für dich."

Ich schlucke schwer, versuche, das Pochen in meiner Brust zu bändigen, während ich die beiden Jacken fest umklammere.

„Was soll das jetzt wieder heißen?", frage ich erhitzt.

Er legt den Kopf schief und sieht mich einige Herzschläge lang an. „Magier lieben Geheimnisse, Dahlia. Weißt du das denn nicht?"

11 – Schuld und Pflicht

In den nächsten Tagen holt mich die Szene aus der Garderobe immer wieder ein. Meine Gedanken driften dorthin, wenn ich in der Kneipe putze oder das Getränkelager aufräume. Ich werde daran erinnert, wenn ich unter den Gästen eine Stimme höre, die ein wenig wie Magnus klingt.

Und nicht zuletzt überfällt sie mich in meinen Träumen.

Sie vermischt sich mit Bildern unserer gemeinsamen Nacht und weckt mich mit einer Sehnsucht, die immer unerträglicher wird.

Als ich am Mittwochmorgen mit rasendem Herzen die Augen aufschlage, ist es noch nicht einmal annähernd hell draußen. Der einzige Schein, der durch das kleine Fenster in mein Schlafzimmer fällt, ist der von einer alten, schwächelnden Straßenlaterne.

Ich werfe meine Decke zurück, strampele mich frei in der Hoffnung, dass die Kühle des Raums meine erhitzte Haut beruhigt. Mein Nachthemd klebt an mir, mein Mund ist trocken und mein Atem geht schnell, weil ich gerade noch bei ihm war.

Gerade noch habe ich ihn geküsst.

Ich habe seine Lippen auf meinen gespürt, genauso wie ich sein Haar zwischen meinen Fingern gefühlt habe.

Seine Hände waren an meinem Körper, seine Worte in meinen Ohren und seine Augen ...

Verdammt, seine Augen.

Dieses Glimmen wie von Bernstein. Dieser Blick, der über mich wandert, als wäre ich etwas Begehrenswertes. Etwas Kostbares. Seine *Prinzessin.*

Ich kann ihn einfach nicht vergessen.

Er geht mir unter die Haut.

Und er weiß es. Er weiß es ganz genau.

Magnus hat vorhergesehen, dass es für mich viel schwerer sein würde, diese Sache zwischen ihm und mir abzuhaken, geheim zu halten und in mir wegzuschließen.

Ich hasse es, dass er recht hat.

Ich hasse es, dass er mich durchschaut hat.

Und ich hasse es, dass ich mich nicht davon abhalten kann, als Nächstes nach meinem Handy auf dem Nachttisch zu greifen. Das Display leuchtet mir grell entgegen, als ich meine PIN eingebe. Obwohl ich die Augen zusammenkneifen muss, verschwende ich keine Zeit, sondern logge mich direkt in meine Social-Media-Apps ein.

Ich suche und finde ihn.

Online nennt er sich *mac.the.magician* und ich scrolle durch unzählige Fotos und Videos, die ihn bei seinen Illusionen zeigen. Dutzende Male beobachte ich seine flinken Finger dabei, wie sie mit Karten, Münzen und Ringen hantieren. Ich starre auf die Lippen, mit denen er sein virtuelles Publikum angrinst und auffordert, ganz genau hinzusehen. Aber ich kann seine Tricks nicht durchschauen, mich nicht darauf konzentrieren. Ich kann nur in seiner weichen Stimme versinken. Minutenlang. Stundenlang.

Ich will ihn. Ich will ihn so sehr.

Aber ...

Ich muss mich an Regeln halten.

Ich habe ihm das nicht einfach nur gesagt, damit er mit seinen Avancen nicht weiter an meinen Vorsätzen rüttelt.

Ich habe es auch so gemeint.

Ich kann, nein, ich *darf* mich nicht noch einmal mitreißen lassen.

Die Situation mit der Bank ist noch immer seltsam.

Noch immer hat Willi die Karten nicht auf den Tisch gelegt und mich eingeweiht. Noch immer sorge ich mich um meinen Onkel und rätsele über die Details unserer Lage. Und über die Involvierung von Magnus und seiner Familie in der Sache.

Warum musste ich mich ausgerechnet in einen Kerl vergucken, der nicht nur ein Gast, sondern auch noch in unsere Finanzen verwickelt ist?

Wie konnte ich nur alle Umsicht fahren lassen?

Ich habe nicht einmal nachgehakt, ihn nicht einmal gefragt, wer er ist und was er so macht ... Herrje, ich habe mir ja nicht einmal seinen Vornamen richtig eingeprägt, bevor ich mit ihm nach Hause gegangen bin.

Ich habe mich einfach ... verzaubern lassen.

Habe ich denn gar nichts verstanden? Hat mich der ganze Ärger in meiner Familie nichts gelehrt? Bin ich etwa so ein hoffnungsloser Fall? Bin ich am Ende genau wie sie?

Genauso impulsiv und unvernünftig wie meine Mutter?

Ich bin tief in meiner selbstkritischen Grübelei verfangen, als mich etwas aufschrecken lässt.

Der Holzboden unserer Wohndiele knarzt unter Schritten, die nur die meines Onkels sein können. Im nächsten Moment fällt Licht durch den Türspalt. Ich höre Willis verschlafenes Murmeln und ein leises Krächzen von Peggy. Warum sind die beiden schon wach?

Ich schaue auf mein Handy und checke die Uhrzeit. Es ist jetzt kurz nach sechs.

Niemand in dieser Wohnung ist normalerweise schon um diese Zeit auf den Beinen. Wir arbeiten bis spät in die Nacht, also schlafen Onkel Willi und ich oft länger als Menschen, die keine Gastronomen sind. Und unsere alte Papageiendame wird nur sehr selten vor uns aktiv.

Ich schiebe mich über die Bettkante, taste nach meinen Pantoffeln und stehe auf. In einen Morgenmantel gewickelt, verlasse ich mein Zimmer.

„Morgen." Meine Stimme ist noch ungelenk und kratzig.

„Oh, schon wach?", fragt mich mein Onkel, der im Pyjama neben Peggy steht. Der Vogel knabbert gerade etwas Kerniges von seinen Handflächen.

„Mhm", mache ich und lasse mich in einen unserer zerknautschten Sessel fallen. „Und was hat dich aus dem Schlaf gerissen?"

Ich glaube kaum, dass Willi sich wegen eines gewissen charmanten Rotschopfs schlaflos im Bett herumwälzt.

Ich vermute, es sind Sorgen, die ihn so früh aus seinem Nachtlager treiben.

Doch er zuckt nur mit den Schultern. „Muss diese senile Bettflucht sein." Er setzt Peggy auf einen hervorstehenden Balken und sinkt dann seufzend in den Sessel, der mir gegen-übersteht. „Ich werde eben älter."

Ich schnaube, ohne amüsiert zu sein.

Er lügt mich an.

„Wenn dich etwas belastet ...", beginne ich zaghaft.

Sein Blick springt zu mir. „Wie kommst du darauf?"

„Na ja, du wirkst ..." Ich fahre mir durchs Haar. Es ist eigentlich viel zu früh für so eine ernste Unterhaltung. „Du wirkst angespannt und traurig. Schon seit ein paar Tagen."

Er sieht mich an und Resignation tritt in seinen Blick. „Ja, das bin ich wohl. Angespannt." Er seufzt schon wieder. „Es ist das Geld, Dahlia. Es ..." Er zögert. „Es ist knapp."

Ich nicke. „Das weiß ich doch."

Er wischt sich über das Gesicht. „Du weißt nicht alles, Kleines." Für einen Moment schließt er die Augen. „Die Bank hat abgelehnt. Es gibt keine Nachfinanzierung. Keinen neuen Kredit."

Ich hole tief Luft. Das kommt nicht als Überraschung für mich; ich habe es ja schon vermutet. Aber es noch einmal so geradeheraus zu hören, ist hart. Sehr hart.

„Das bedeutet keine Renovierungen", spreche ich laut meine Schlussfolgerung aus.

„Keine Renovierungen und na ja ..." Er hebt die Hand. Peggy versteht die Aufforderung und flattert auf den Unterarm meines Onkels. Sie macht ein paar Schritte hin und her, ehe sie ihr Köpfchen an seiner Schulter reibt. Sie spürt wohl, dass er den Trost braucht. „Wir müssen den Gürtel vielleicht noch enger schnallen. Vielleicht Gabi oder eine der anderen Aushilfen gehen lassen ..."

Ich schüttele den Kopf. „Gibt es denn gar keine andere Möglichkeit?"

Onkel Willi zögert. „Doch ... Eine ..."

Ich warte, aber er spricht nicht weiter.

„Welche?", hake ich schließlich nach.

Er sieht mich an. Seine Augen sind plötzlich so viel älter und müder, als ich sie je zuvor wahrgenommen habe. „Verkaufen, Dahlia."

Ich sitze da wie vom Donner gerührt.

Ich muss mich verhört haben.

„Was?", hauche ich ungläubig. „Das *Eulenspiegel* verkaufen?"

Wieder ruht sein Blick auf mir. Wieder mit so einem entkräfteten und bedauernden Ausdruck. „Das Haus, Dahlia."

„Das Haus?" Ich springe von meinem Sitz auf. „Unser Haus?" Meine Stimme klingt schrill, selbst in meinen Ohren. Und ich spüre einen Knoten in meiner Brust. Als würde sich etwas tief in mir zusammenkrampfen. „Das ziehst du nicht ernsthaft in Betracht!", wispere ich. Meine Hände ballen sich zu Fäusten und in meinen Augen brennt es. Salzige Tränen drängen sich in mein Sichtfeld.

„Ich muss es in Betracht ziehen", sagt er und so weich seine Worte klingen, es liegt doch eine Bestimmtheit darin.

„A-Aber ..." Ich keuche. „Nein, das darfst du nicht!"

Verschwommen sehe ich, wie er eine Braue hebt. „Nicht?"

„Nein!" Ich stampfe mit dem Fuß auf. Das ist der Moment, in dem die erwachsene Dahlia die Unterhaltung verlässt und eine viel jüngere, verletzlichere Version von mir hervorkommt. „Nein! Das geht nicht! Das ist unser Zuhause!"

„Ich weiß." Onkel Willi erhebt sich und macht ein paar Schritte auf mich zu. „Dahlia ... Kleines ..." Er legt seine Hände auf meine Schultern. „Das ist auch für mich nicht leicht."

„Dann tu es nicht!" Ich mache einen großen Schritt zurück, entfliehe seiner Berührung. „Tu es nicht. Denk nicht einmal darüber nach. Es muss andere Wege geben! Ich helfe dir! Ich mache alles, was nötig ist!" Tränen rinnen mir über die Wangen.

„Dahlia ..." Seine Stimme klingt brüchig. „Ich weiß ... Ich sehe seit Jahren, wie du dich für das *Eulenspiegel*, für unsere Familie reinhängst, aber ..." Er seufzt. „Du bist so jung. Du solltest nicht so viel arbeiten. Und du ..."

Er holt tief Luft. „Du solltest keinen Schuldenberg von mir übernehmen. Das möchte ich nicht für dich."

Seine Worte sind mitfühlend, doch ich kann es nicht annehmen. Ich will sein Wohlwollen und seine Sorge nicht. Ich will einfach nur nicht, dass er aufgibt.

„Vielleicht möchte ich das aber für mich!", blaffe ich ihn an. „Hast du schon einmal darüber nachgedacht, warum ich mich so reinhänge? Ich will das *Eulenspiegel* übernehmen. Ich will den Betrieb fortführen. Ich will das!"

„Dahlia!" Sein Ton wird strenger. Beinahe so wie früher, als ich noch eine Teenagerin war. „Du weißt nicht, wovon du sprichst."

„Doch!" Mit dem Ärmel meines Morgenmantels wische ich die Tränen beiseite. „Ich weiß es. Auch wenn ich nicht die Inhaberin bin, ich trage diesen Betrieb mit dir. Ich arbeite hier mit, seit ich 16 bin! Ich weiß, worauf ich mich einlasse."

„Du bist eine Kellnerin!", herrscht er mich an. „Du trägst hier keine Verantwortung und keine Konsequenzen!"

Seine Worte treffen mich wie eine Ohrfeige.

Ich schrecke vor ihm zurück, als hätte er mir tatsächlich einen Schlag verpasst.

„Ich ...", setze ich an, aber bringe nichts weiter hervor. Zu groß ist der Schock.

So sieht er mich also? Als Kellnerin?

„Dahlia, das ..." Er reibt sich den Nacken. „Das kam falsch heraus. Du bist ..."

„Eine Kellnerin", wiederhole ich bitter. „Nur eine Kellnerin. Nur ein Mädchen, das dumm genug war zu glauben, sie würde mal das Familienunternehmen fortführen."

„Dahlia ...", setzt er erneut an, doch ich lasse ihn nicht aussprechen.

„Du bist genau wie sie", presse ich hervor. „Du siehst nur einen Nichtsnutz in mir."

„Das ist nicht wahr!", protestiert er sofort.

„Wie konnte ich nur glauben, dass du anders bist ..." Meine Stimme ist dick, ich schluchze mehr, als ich spreche. „Wie konnte ich glauben, dass wir wirklich eine Familie sind?"

Ich stürme zum Treppenabgang, feuere die Pantoffeln in eine Ecke und schmeiße den Morgenmantel auf den Boden. Onkel Willis Schritte und was auch immer er mir noch zu sagen hat, gehen in meinem Schniefen unter.

Ich schlüpfe in meine Stiefel und stolpere die Treppe hinunter. Schneller als er mich einholen kann, habe ich den Gastraum durchquert und mir meine Jacke von der Garderobe geschnappt. Ich drehe den Schlüssel, wuchte die Tür auf und renne hinaus ins Morgengrauen.

12 – Schauer

Die ersten Schritte lege ich im Sprint zurück. Ich ziehe nicht einmal meine Jacke an, bis ich schon halb über den Platz bin. Leichter Regen fällt wie aus einer Sprinkleranlage auf mich herunter. Die feinen Tröpfchen vermischen sich mit den Tränen auf meinen Wangen.

Wie kann er nur?

Wie kann Onkel Willi nur in Erwägung ziehen unser Haus, unser Heim und unser Geschäft zu verkaufen?

Und wie kann er mir absprechen, dass ich genauso an der Kneipe hänge wie er?

Woher will er wissen, dass ich nicht genauso hart darum kämpfen würde, das *Eulenspiegel* zu erhalten?

Du bist eine Kellnerin!

Der Satz hallt in meinem Kopf nach.

Er wird zum Echo, das an jede Windung meines Hirns prallt und sich unendlich oft wiederholt. Jedes Mal, wenn es zu mir zurückgeworfen wird, zuckt ein Teil von mir zusammen.

Er meinte, es wäre falsch herausgekommen, aber mein Innerstes glaubt ihm nicht.

Tief in mir drin wird diese Stimme laut, die behauptet, dass er nur endlich ausgesprochen hat, was er insgeheim schon immer über mich denkt. Und ich habe keinen Grund, sie anzuzweifeln, denn sie ist mir so schrecklich vertraut.

Ein Nichtsnutz.

Ein Schandfleck für die Familie.

Die wird mal genau wie ihre Mutter.

Wie Gift sickern die Worte von damals durch mich hindurch.

Ich bleibe stehen, presse die Hände in die Seiten und schnappe im stärker werdenden Schauer nach Luft. Verirrte Haarsträhnen kleben nass an meinem Gesicht. Aus meinen Lippen kommt keuchender Atem.

Mein Nachthemd ist schon beinahe durchweicht und ohnehin zu dünn für diesen Herbstmorgen. Ich schlüpfe endlich in die Lederjacke, die ich mir im Laufen unter den Arm geklemmt hatte.

Seine Jacke, denke ich mir und hadere kurz damit, mir das Kleidungsstück, das früher mal meinem Onkel gehört hat, tatsächlich überzuziehen. Aber die Kälte und der Regen siegen. Ich schlinge das verbeulte Leder eng um mich und marschiere weiter.

Es ist kurz nach sieben, wie mir der Blick zum Rathausturm bestätigt, und erst jetzt bemerke ich die anderen Menschen, die mir vereinzelt im Morgengrauen entgegenkommen. Die meisten tragen Kapuzen oder ducken sich unter Regenschirme.

Niemand sieht mich an. Zum Glück.

Mit schnellen Schritten peile ich Evis Laden an. Ich weiß nicht, wo ich sonst hingehen soll. Und ich kann ihren Rat gebrauchen. Keine kann so gut wie sie verstehen, was es bedeutet, das Familiengeschäft zu übernehmen (oder es zumindest zu wollen) und dabei permanent nicht ernst genommen zu werden.

Meine Absätze kommen auf dem immer glitschiger werdenden Pflaster ein wenig ins Schlittern und meine nackten Beine bibbern in der nassen Kälte. Als ich die Ladenfront meiner Freundin erreiche, friere ich am ganzen Körper. Meine Reflexion im Schaufenster sieht bemitleidenswert aus.

Drinnen ist noch alles dunkel. Ich linse über das „Geschlossen"-Schild, das in der Glastür hängt, und versuche, auszumachen, ob sich zwischen den Regalreihen nicht doch schon etwas rührt. Ich klopfe an die Scheibe, warte und hoffe auf eine Antwort, die ausbleibt.

Verdammt. Sie ist noch nicht hier.

Klar, warum sollte sie auch?

Evgenia öffnet erst um 09:00 Uhr. Bis dahin sind es noch gute zwei Stunden. Das hätte ich mir eigentlich denken können.

Ich reibe mir über die Arme. Mir ist so erbärmlich kalt, dass ich schon mit den Zähnen klappere. Ich fasse in meine Jackentaschen, auf der Suche nach ... Ja, was eigentlich?

Ich weiß, dass ich mein Handy nicht eingesteckt habe. Nichts habe ich mitgenommen in meiner Empörung. Auch keinen Geldbeutel oder Kleingeld. Selbst wenn ich also die Nummer meiner besten Freundin auswendig wüsste, könnte ich sie nicht über die Telefonsäule, die wie ein Relikt aus früheren Zeiten zwei Ladenfronten weiter steht, anrufen.

Ich erwäge kurz, den Block zu umrunden und bei Evis Wohnung zu klingeln. Aber sie lebt bei ihren Eltern und die würden mich sofort zurück zu meinem Onkel schicken. Vor Familienstreitigkeiten wegzulaufen, ist bei den Manousakis nicht akzeptiert. Das haben sie mir schon in meiner Teenagerzeit mehrfach bewiesen. Die werden mir jetzt keinen Unterschlupf gewähren.

Aber ich kann nicht nach Hause.

Ich will nicht nach Hause.

Ich möchte Onkel Willi gerade nicht sehen. Ich möchte nicht mit ihm reden oder hören, was er noch zu sagen hat. Ich möchte mich einfach nur beruhigen, durchatmen und meine Gedanken sortieren. Meine verletzliche Seite wieder einpacken und dort verstecken, wo sie hingehört.

Ich beiße mir auf die bebende Lippe. Ich brauche einfach nur jemand, der mir kurz zuhört. Jemanden, der ein paar warme Worte und ein Lächeln für mich übrig hat.

Und vielleicht ein paar trockene Klamotten.

Ich könnte mich ohrfeigen für meinen nächsten Gedanken. Aber meine Arme umschlingen weiter meine zitternde Mitte und meine Füße laufen los, bevor ich sie davon abhalten kann. Nichts gehorcht der Stimme, die mir sagt, dass das eine schlechte Idee ist. Dass das alles nur schlimmer und komplizierter machen wird.

Mir war nicht einmal bewusst, dass ich mir seine Adresse gemerkt habe. Aber der Weg ist so deutlich auf meinem inneren Stadtplan von Fichtingen eingezeichnet, dass ich ihm folge wie ein Hungernder ausgestreuten Brotkrumen. Ich finde das Haus und husche durch die Eingangstür, die ein älterer Mann gerade für seinen kleinen Hund offen hält.

„Danke", nuschele ich ihm zu. Ganz so, als wäre er mein Nachbar und als würde ich hier reingehören.

Ich streife meine nassen Schuhe nicht ab. Auf dem altmodischen Treppenläufer werden sie schon von Schritt zu Schritt trocknen. Außerdem habe ich es viel zu eilig. Als könnte ich mich, je schneller ich die Stufen erklimme, davon abhalten, es mir doch noch anders zu überlegen.

Es zieht mich in sein Stockwerk.

Zu seiner Wohnungstür.

Und ich drücke mit klammen Fingern die Klingel.

Schritte erklingen hinter dem alten Holz und kurz darauf wird die Klinke heruntergedrückt.

„Was vergessen, Bertie? Vater wird dich vierteilen, wenn du ihn nicht pünktlich ..." Magnus hämisches Grinsen fällt ihm mitten im Satz herunter. „Dahlia?" Seine Bernsteinaugen blinzeln mich an, der Rest von ihm erstarrt im Türrahmen. Eine Hand am Griff, die andere an einem der unteren Knöpfe seines noch offen stehenden Hemds, steht er vor mir.

Ich sage nichts. Nicht einmal ein Hallo bringe ich hervor, geschweige denn eine Erklärung dafür, warum ich morgens, durchnässt und im Nachthemd vor seiner Wohnung stehe.

Aber er fragt mich auch nicht danach.

„Komm." Er greift nach einem meiner Arme, zieht mich sanft aber bestimmt zu sich ins Innere. „Komm rein, Prinzessin. Du bist ja völlig ..." Er schließt die Tür hinter uns. „Bist du vom Regen überrascht worden?"

Noch immer bringe ich kein Wort heraus. Aber ich schaffe es zumindest, den Kopf zu schütteln.

„Okay." Sein Blick wandert über mich. Misstrauisch. Nein, besorgt. „Okay ..." Er fährt sich durchs Haar. „Ähm, geh doch mal in die Küche. Ich such dir was Trockenes heraus und bin gleich bei dir, ja?"

Ich nicke behäbig, schäle mich aus der Jacke und beuge mich nach vorn, um meine kalten Füße aus den Stiefeln zu ziehen. Magnus sieht mir dabei zu, fährt mit seinen Augen, den dünnen, nassen Stoff entlang, der wie eine zweite Haut an mir klebt. Ich begegne seinem Blick und sehe den Moment, in dem er sich an seinen eigenen Plan erinnert und die lodernde Hitze darin einem Ausdruck der Entschlossenheit weicht. Er räuspert sich und eilt in sein Zimmer.

Ich mache vorsichtige Schritte über den Holzboden. Die Dielen fühlen sich beinahe warm unter meinen viel zu kalten Sohlen an. Ich schlurfe in die Küche und bleibe unsicher vor dem Esstisch stehen. Ich möchte mich nicht setzen und das Sitzpolster eines Stuhls nass machen, also lehne ich mich erst einmal gegen die Küchenzeile. Meine Beine sind zittrig von meinem Marsch durch die Stadt, ich stütze mich an der Kante ab aus Angst, dass mir die Knie wegknicken könnten.

Magnus kommt herein, einen Stapel Kleidung im Arm.

„Hier." Er legt ein Teil nach dem anderen auf den Tisch. „Hier sind ein T-Shirt, Boxershorts, ein Hoodie und ähm ..." Seine Augen flattern zu meinen nackten Knöcheln. „Socken." Er schluckt. „Zieh dir die Sachen erst einmal an, dann können wir reden, ja?" Ohne dass ich ihn darum bitten muss, dreht er sich herum.

Ich trete an den Tisch, schiebe die Träger meines Nachthemds über meine Schultern und ziehe das Kleid an mir herunter. Mein ganzer Körper ist von Gänsehaut übersät und von meinem Haar tropft bei jeder Bewegung Wasser herab. Ich steige aus meiner Unterwäsche und greife nach den karierten Shorts, die er für mich bereitgelegt hat.

Das große T-Shirt, das ich als Nächstes überziehe, reicht bis über meinen Po und fühlt sich so warm an, als hätte Magnus es eben aus dem Wäschetrockner geholt. Ich setze mich auf einen Stuhl, um meine Füße in die viel zu großen Wollsocken zu stecken, und nehme schließlich den flauschigen Kapuzenpullover.

„Du, ähm, du kannst dich umdrehen", sage ich sehr leise, aber er hört es. Er ist bei mir, noch bevor ich meinen Kopf durch den Pulli gesteckt habe. Magnus hilft mir durch den Kragen, greift nach den Kordeln der Kapuze und zieht sie etwas enger, sodass der weiche Stoff mein Gesicht umhüllt.

„Ist dir ein bisschen wärmer?", erkundigt er sich, sein Gesicht nah an meinem.

„Ja." Ich senke beschämt die Lider. „Danke."

Magnus geht vor mir in die Hocke. „Dahlia." Er nimmt meine beiden Hände, umschließt sie mit seinen und pustet warmen Atem darauf. „Was ist los? Was machst du hier?"

Ich sehe in seine Augen, die fragend zu mir aufblicken.

„Ich ..." Meine Lippe beginnt wieder zu beben. Dieses Mal nicht vor Kälte, sondern als Vorhut der Tränen, die schon in meinen Augen brennen. „Ich hatte Streit." Ich hole tief Luft. „Mit meinem Onkel."

„Meinetwegen? Hat er davon erfahren, von unserem ...?" Er lässt es unausgesprochen, doch wir beide wissen, dass er unseren One-Night-Stand meint.

„Nein", sage ich kopfschüttelnd. „Er ... ähm ..." Ich versuche, die Feuchtigkeit in meinen Augen wegzublinzeln, aber ich schaffe es nicht. „Er möchte die Kneipe verkaufen. Das ganze Haus. Mein ..." Meine Stimme bricht, wird ein heiseres Flüstern. „Mein Zuhause." Heiß und nass laufen die Tränen meine Wangen hinab. Magnus lässt meine Hände los, umfasst mein Gesicht und streicht die Tropfen mit seinen Daumen hinfort.

„Okay", sagt er leise und mitfühlend.

„Ich wollte es mal übernehmen, weißt du, das *Eulen-spiegel*", schluchze ich. „Ich wollte nie etwas anderes. Ich wollte einfach nur ..." Ich schniefe laut. „Ich wollte sie stolz machen."

„Sie?" Magnus Frage ist zaghaft. Interessiert, aber nicht fordernd. Die Art, wie er mich ansieht, wie er mir aufmerksam zuhört, bringt mich zum Reden.

„Meine Familie", gestehe ich. „Ich war ... Ich war von Anfang an eine Enttäuschung für sie, weißt du?"

Ich schließe die Augen, spreche das Schmerzhafteste aus, was ich in mir trage. „Mich sollte es nicht einmal geben. Ich bin das Produkt einer Bekanntschaft meiner Mutter mit einem ..." Ich wage es nicht, die Augen zu öffnen, bis ich auch den Rest des Satzes artikuliert habe. „Mit einem Gast."

Ich höre Magnus Luft holen. „Verstehe", sagt er, streicht wieder über mein Gesicht.

„Meine Großeltern waren so ... so enttäuscht von ihr. So besorgt ..." Ich schlage die Augen auf. „Besorgt darum, was die Leute denken könnten. Was sie sich erzählen, in dieser Stadt, wo beinahe jeder jeden kennt." Ich schlucke. „Sie haben sie erdrückt damit, bis sie schließlich, mit der nächsten Bekanntschaft durchgebrannt ist und mich einfach hier-gelassen hat. Bei meinen Großeltern. Da war ich vier."

„Oh, Dahlia." Seine Stimme ist voller Bedauern und gleichzeitig voller Zuneigung.

Es tut so gut.

Ich kann mich nicht stoppen. Ich kann mich nicht davon abhalten, meine ganze traurige Geschichte mit einem Mann zu teilen, den ich im Grunde kaum kenne.

„Ich konnte es ihnen nie recht machen", spreche ich weiter. „Sie haben mich einen Nichtsnutz genannt. So oft, dass es sich irgendwann sogar der verdammte Papagei gemerkt hat." Ich lache trocken. „Als ich vierzehn war, war ich drauf und dran, auch abzuhauen. Aber dann, als mein Opa gestorben ist und meine Oma krank wurde, ist Onkel Willi wieder eingezogen. Er hat die Kneipe übernommen." Ich pausiere. „Er hat mich übernommen. Mich und meine ganzen Launen als Teenagerin. Hat mir mit den Haus-aufgaben geholfen, ist zu meinen Elternsprechtagen in die Schule, hat mir alles im Kneipenbetrieb beigebracht und mir eine Ausbildungsstelle in Buchingen besorgt, damit ich nach der Realschule in einem richtigen Restaurant lerne. Er war einfach da und ich ..." Wieder kündet sich ein neuer Schwall Tränen an. „Ich wollte einfach sein wie er. Ich habe mich so angestrengt. Und ich habe mich schon gesehen als ..." Ich reibe mir die Augen. „Seine Nachfolgerin." Ich schüttele den Kopf. „Aber jetzt ... Jetzt verlieren wir das *Eulenspiegel* und ich ... Ich bin nur eine Kellnerin."

„Hey, hey ..." Magnus kommt aus seiner Hocke hoch und zieht sich einen Stuhl heran. „Du bist nicht nur eine Kellnerin. Und du bist auch kein Nichtsnutz." Er verzieht den Mund zu einem Lächeln. „Du bist eine Prinzessin."

Ich schnaube. „Hör auf! Mach dich nicht über mich lustig."

„Das tue ich nicht." Magnus lehnt sich auf seinem Sitz nach vorne. „Und ich höre ganz bestimmt nicht auf. Ich erkenne es, wenn ich jemand Majestätischen vor mir habe." Sein Lächeln wird breiter und wärmer. „Du bist stolz, Dahlia, und so stur wie niemand sonst, den ich kenne. Eindeutig eine Frau, die es gewohnt ist, ihren Willen durchzusetzen. Eindeutig königlich."

„Danke." Ich schniefe, muss aber gleichzeitig lachen. „Da fühle ich mich doch gleich besser."

„Ich war noch nicht fertig, Majestät." Er tippt mir an die Stirn.

Ich kichere. „Oh, okay."

„Du bist sehr pflichtbewusst und loyal. So sehr, dass du dir nicht einmal eine einzige wilde Nacht nachsehen kannst."

Ich öffne den Mund, um etwas zu erwidern, doch er hebt eine Braue.

„Bitte lass mich das einmal aussprechen, Prinzessin." Er macht eine kurze Pause, ehe er fortfährt. „Ich weiß, dass du schlagfertig bist und zu allem etwas zu sagen hast. Es ist manchmal anstrengend, aber vor allem ist es spannend, weil es zeigt, dass du clever bist und nichts auf dir sitzen lässt. Du bist mutig, humorvoll und leidenschaftlich ..." Er spielt mit einer meiner Haarsträhnen, die aus der Kapuze herausgefallen ist. „Du siehst selbst pitschnass noch wunderschön aus." Er räuspert sich. „Wenn das nicht alles ganz eindeutige Prinzessinneneigenschaften sind, dann weiß ich auch nicht."

Ich schaue ihn an, spüre das Blut in meine Wangen steigen, die wahrscheinlich nun glühend rot sind.

„Du hast das echt drauf", sage ich und schlucke schwer. „Das mit den Worten."

„Ich bin ein Mann mit vielen Talenten", lobt er sich selbst.

Ein Grinsen zupft an meinen Mundwinkeln.

„Danke", murmele ich verlegen.

Magnus kommt noch ein bisschen näher.

„Jederzeit, Prinzessin", flüstert er mir ins Ohr.

13 – Ein gestohlener Traum

„Magnus ... Küss mich."

Ich muss die Aufforderung nur wispern und im nächsten Moment ist es so, als wäre ich in einen meiner Träume der letzten Nacht gefallen.

Er zieht mich auf seinen Schoß, streift mir die Kapuze vom Kopf und vergräbt seine Hände in meinem noch feuchten Haar.

Magnus senkt seine Lippen auf meine, haucht samtweiche Küsse, bevor seine Bewegungen fester und fieberhafter werden. Ich spüre seine Zunge über meine Unterlippe gleiten und öffne den Mund für ihn.

Ich möchte auch von ihm kosten.

Er schmeckt nach dem Kaffee, den er wohl zum Frühstück hatte, und einer Note, die ganz und gar seine eigene ist. Sie ist unverwechselbar, macht mich süchtig und lässt mich ebenso nach unseren Berührungen gieren wie ihn.

Hitze wallt in mir auf, wärmt mich von innen heraus.

Ich schiebe eine Hand unter das Hemd, das er noch immer nicht richtig zugeknöpft hat. Er lässt seine Finger unter meinen (oder ja eigentlich seinen) Hoodie und dann unter das T-Shirt gleiten. Wir erschaudern beide, als wir die nackte Haut des jeweils anderen finden.

„Ich möchte, dass du weißt ... “, keuche ich zwischen zwei Küssen und stemme mich ein wenig von ihm weg. „Dass ich nicht deswegen hergekommen bin.“

Er lächelt und seine Hand fährt meine Wirbelsäule auf und ab. „Bist du nicht?“

„Nein“, sage ich atemlos.

„Schade.“ Er grinst ein teuflisch charmantes Grinsen und zieht mich wieder heran. „Ich hatte es heimlich gehofft.“

Wir küssen uns wieder. Inniger. Wilder. Mir wird so heiß unter dem Kapuzenpullover, dass ich mich hektisch daran mache, das dicke Kleidungsstück loszuwerden.

Er lacht. „Gut, dass dir wieder warm ist, Prinzessin.“

„Willst du es kommentieren?“ Ich streife den Pulli ab, werfe ihn hinter mich auf den Stuhl, auf dem ich bis vor einer Minute noch selbst gesessen habe. „Oder willst du lieber dafür sorgen, dass mir noch wärmer wird?“

„Wenn du so fragst ...“ Er umfasst meine Taille und steht auf. Ich muss meine Beine fest um seine Hüften schlingen, um nicht abzurutschen.

„Ich will nur eine Sache, Dahlia“, raunt er in mein Ohr, als er mich auf dem Küchentisch hebt. „Dich.“

Ich hauche einen Kuss in seine Halsbeuge, fahre mit den Spitzen meiner Nägel über seine Schultern und an seinen Armen hinab.

„Wie gut, dass ich auch dich will“, murmele ich und greife in seinen Gürtel, um seine Mitte zu meiner zu ziehen.

Er kommt mir nur allzu gern näher. Der Blick aus seinen Bernsteinaugen ist ein loderndes Feuer.

Er beugt sich zu mir und ich versenke die Finger in den Flammen seiner Haare. Magnus küsst meinen Mund, meinen Hals, das Stückchen Haut zwischen Schlüsselbein und Schulter, das das locker sitzende T-Shirt freilässt.

Mit einer Hand stützt er sich neben mir auf der Tischplatte ab, während die andere meinen Oberkörper unter dem T-Shirt erkundet.

Gerade als seine Fingerkuppen meine Brust streifen, hören wir es beide:

Das Schnauben, das nicht von uns kommt.

„Man sollte meinen, in ihrer Spelunke gäbe es genug Tische, auf denen du sie knallen kannst, aber, nein ..." Alberts Stimme lässt den Moment gefrieren. „Du musst sie hier auf unserem Küchentisch vögeln."

Ich erstarre.

Magnus dreht sich langsam zu seinem Bruder um, der in Anzug und Krawatte im Türrahmen steht.

„Was machst du hier?", fragt er ihn in einem Ton, der Albert in puncto Kälte in nichts nachsteht. „Solltest du nicht Vater vom Flugplatz holen und zu seinem Meeting bringen, wie der kleine Handlanger, der du bist?"

Alberts Kiefer mahlen. „Hab ich schon. Er sitzt unten im Wagen. Er hat mich hochgeschickt, damit ich dich hole. Du sollst mit zur Besprechung."

„Wozu?" Magnus verschränkt die Arme. „Der Termin hat nichts mit mir zu tun."

Albert verdreht die Augen. „Du bist sein Nachfolger. Alles hat mit dir zu tun, Arschloch." Sein Blick flackert zu mir. „Gib deinem Flittchen einen Abschiedskuss und komm in die Gänge."

Mit zwei langen Schritten ist Magnus bei seinem Bruder und packt ihn am Kragen.

„Pass auf, was du sagst, *Bertie*", knurrt er.

„Über die? Alter, checkst du noch was?" Albert lacht auf. „Die lässt sich nur von dir rannehmen, damit du den Kreditantrag ihres Onkel noch mal überdenkst!"

„Was soll der Scheiß?" Magnus Stimme ist ein Grollen und sein Griff wird fester. „Was redest du da?"

Albert deutet auf mich. „Die sind quasi pleite. Demnächst können die ihre schäbige, kleine Absteige dichtmachen."

„Woher willst du das so genau wissen?" Magnus reckt das Kinn. „Nicht dein Kundenstamm."

Albert grinst. „Ich habe dem Alten neulich die Absage erteilt."

Ich sehe wie sich Magnus' Schultern unter seinem Hemd anspannen. „Du hast *was*?"

Alberts Lächeln wird noch breiter. Und böser. „Ich hab diesem Willi Balscheid gesagt, er soll mal über einen Verkauf nachdenken."

Es ist, als hätte er einen Eimer kaltes Wasser über mir ausgekippt. *Er* war das?

Er hat mit meinem Onkel telefoniert?

Er hat ihm vorgeschlagen, unser Zuhause zu veräußern?

„Das ist nicht deine Zuständigkeit, du kleiner Pisser." Magnus lässt den Kragen seines Bruders zwar los, doch seine Körpersprache wird dadurch nicht weniger bedrohlich. „Du bist Praktikant."

„Ich bin der Sohn vom Chef!", empört sich Albert.

„Das ist keine Qualifikation!", donnert Magnus. „Du hast noch nicht mal deinen Bachelor-Abschluss. Du bist Praktikant!" Er ist so laut und so wütend, wie ich ihn noch nie erlebt habe. „Und ich werde gleich heute dafür sorgen, dass du nicht einmal mehr das bist. Da kannst du dir sicher sein, Freundchen."

Er senkt seine Stimme und schaut über die Schulter.

„Wir reden später, Dahlia", sagt er zu mir und in diesem Moment ist alles – alle Hitze, alle Zuneigung und aller

Schalk – aus seinem Blick verschwunden. „Lass dich einfach selbst raus, ja?"

Ich kann nur langsam nicken. Magnus scheint das zu genügen. Er zerrt Albert am Ärmel in den Flur. Ich höre, wie sie sich einige Worte zubellen, während sie sich vermutlich anziehen. Im nächsten Moment fällt die Wohnungstür ins Schloss und sie sind weg.

Und plötzlich ist da nichts als Stille.

Sie dröhnt in meinen Ohren während ich nach wie vor auf dem Küchentisch sitze und die Finger in meinem Schoß verschränke. Ich verkeile die Knöchel regelrecht ineinander. Ich weiß nicht, wohin mit meinen Händen. Und ich weiß nicht, wohin mit meinen Gedanken.

Albert war es. Magnus' Bruder hat meinem Onkel den Verkauf vorgeschlagen. Er hat unser Finanzierungsgesuch abgelehnt und jetzt ... Jetzt hat er Magnus erzählt, ich würde ihn verführen, um das Ruder noch herumzureißen.

Scham ergreift von mir Besitz. Sie rammt ihre Klauen in mein Herz und zieht sich daran hoch, schnürt mir bei ihrem Aufstieg fast die Kehle zu.

Wie habe ich es eigentlich geschafft, innerhalb eines Morgens von der zukünftigen Inhaberin zur Kellnerin und von der Prinzessin zum Flittchen degradiert zu werden?

Ich bemerke die Tränen erst, als sie auf meinen Oberschenkeln landen. Sie rinnen mir lautlos über die Wangen, tropfen von meinem Kiefer und hinterlassen nasse, kreisrunde Flecken auf dem Stoff der Boxershorts.

Ich versuche, sie wegzuwischen, aber es kommen immer neue nach. Es hört gar nicht auf.

Was für ein Schlamassel ...

Es fröstelt mich und ich schiebe mich vom Tisch, um an den Kapuzenpullover zu kommen.

Ich stülpe mir den Hoodie über, verschwinde darin wie in einer kuscheligen Decke, die nach Magnus duftet.

Ob er wirklich noch einmal mit mir reden wird?

Er hat es zwar gesagt, aber da war so etwas Düsteres in seinem Blick. Ich kann nicht sagen, ob es mir oder seinem Bruder gegolten hat, aber ... Mir wird ganz flau.

Ich könnte es ihm nicht einmal übel nehmen, wenn er jetzt nichts mehr mit mir zu tun haben will. Aus seiner Perspektive habe ich ihn zweimal abblitzen lassen und kam genau dann angekrochen, als sich die finanzielle Lage meiner Familie zugespitzt hat. Die Schlüsse, die Albert für ihn gezogen hat, sind so naheliegend, auch wenn sie nicht der Wahrheit entsprechen.

Ich schniefe und hebe mein Nachthemd und meinen Slip vom Boden auf. Beides ist patschnass. Kurzerhand wringe ich die Sachen über der Küchenspüle aus, damit ich nicht weiter alles volltropfe.

Auf Magnus' Socken schleiche ich in den Flur. Gerade so, als würde es einen Unterschied machen, wenn ich besonders leise gehe.

14 – E wie Erinnerung

Es ist halb neun, als ich zum zweiten Mal an diesem Tag vor Evgenias Laden stehe. Dieses Mal ist sie da und sie entdeckt mich, noch bevor ich die Hand zum Klopfen gehoben habe.

„Dahlia!" Sie entriegelt die Tür und hält sie mir auf. „Was machst du denn so früh hier? Was ist passiert?" Sie zieht mich ins Geschäft und in ihre Arme.

„Ich ..." Ich weiß nicht, wo ich anfangen soll, also beginne ich von vorne. „Ich denke, ich sollte dir jetzt sagen, wer mein One-Night-Stand war."

„Dein One-Night-Stand?" Ihr besorgter Blick mustert mich. „Okay."

Sie nimmt mich an der Hand und führt mich zu ihrer Theke. „Sag mir alles. Alles, hörst du?" Sie lässt mich kurz los, gießt Kaffee in zwei Tassen, die dort schon bereitstehen. „Egal, was passiert ist. Ich bin auf deiner Seite, ja?"

„Danke", schniefe ich und kämpfe schon wieder mit den Tränen. „Ich glaube, ich habe einfach wirklich Mist gebaut." Um Haltung ringend ziehe ich eine der dampfenden Tassen zu mir und umklammere das warme Porzellan.

Evi legt eine Hand auf meinen Unterarm. „Weil es ein Gast war?", fragt sie mitfühlend.

„Weil es Magnus Driessen war", gestehe ich.

Es ist beschämend und erleichternd zugleich, meine beste Freundin endlich einweihen zu können.

Sie zieht hörbar Luft ein. „Driessen ... Wie in *Privatbank Driessen*?" Der Moment, in dem bei ihr der Groschen fällt, ist beinahe spürbar. „Der Neue mit den roten Haaren. Der mit den Zaubertricks."

Ich nicke.

„Oh, Dahlia." Sie rückt an mich heran, legt wieder einen Arm um mich.

„Ich wusste nicht, wer er war, an diesem ersten Abend", erkläre ich mich. „Ich dachte, er ist einfach ein netter ... cooler ... Typ. Aber er ..." Ich schüttele den Kopf. „Er ist alles auf einmal. Er ist überall. In der Kneipe. In der Bank. Im Theater." *In meinen Träumen*, denke ich mir, doch ich spreche es nicht aus.

Evi schweigt, streicht mir nur mitfühlend über die Schulter.

„Ich trage seine verdammten Klamotten!" Der Laut, der mir jetzt entflieht, ist wie Lachen und Weinen in einem.

„Warst du heute Nacht wieder bei ihm?" Sie stellt die Frage ohne Vorwurf. Sie weiß, wann die Lage ernst ist, und würde mich nie für etwas verurteilen, das ich ihr in so einer Verfassung erzähle.

„Nein", krächze ich. „Ich bin heute Morgen dorthin, weil ..." Ich suche ihren Blick. „Weil ich so aufgewühlt war. Du warst noch nicht hier, also bin ich ..." Ich seufze. „Ich weiß jetzt, dass es nicht die klügste Idee war, aber ich bin zu ihm gegangen. Weil er einfach in meinem Kopf ist und ich ständig an ihn denken muss."

„Hey" Evi streicht mir eine verirrte Strähne aus meinem Gesicht. „Es ist okay, wenn du dich in ihn verliebt hast. Bist du deswegen so aufgewühlt?"

„Ja. Nein." Jetzt komme ich gegen die Tränen wirklich nicht mehr an. „Da ist noch etwas anderes." Ich hole tief Luft. „Onkel Willi wird das Haus verkaufen."

Die Augen hinter Evis Brillengläsern werden groß. „Was?"

„Die Schulden sind zu hoch. Wir kriegen kein Darlehen mehr." Ich wische mir mit dem Ärmel übers Gesicht. „Er gibt es auf, Evi. Das *Eulenspiegel*. Unser Zuhause."

Einen Moment lang sagt meine Freundin gar nichts. „Bist du dir da sicher?", fragt sie dann zaghaft.

Ich zucke mit den Schultern. „Ziemlich. Aber ..." Ich schlucke. „Aber er bezieht mich ja nicht mit ein. Mein Onkel, er ... Er entscheidet das einfach ohne mich. Weil ich in seinen Augen nur eine Kellnerin bin."

Ich suche wieder ihren Blick, doch Evgenias mitleidiger Ausdruck bricht mein Herz noch ein bisschen mehr. Schnell senke ich die Lider und schaue in meinen Kaffee.

„Das war's, Evi. Er vertraut mir nicht. Ich werde nicht seine Nachfolgerin. Ich verliere mein Zuhause. Und ..." Ich schnappe nach Luft. „Der Typ, den ich mag, hält mich wahrscheinlich auch für ... für eine, die sich für nichts zu schade ist."

„Warum sollte er das denken?" Meine Freundin drückt mich an sich.

„Weil ich ..." Ein dicker Kloß in meinem Hals erschwert mir das Sprechen. „Weil ich ihm zweimal gesagt habe, dass das mit uns eine einmalige Sache war und dann ..."

„Dann bist du heute Morgen zu ihm." Sie nickt, als würde sie langsam begreifen.

„Ja." Ich beiße mir auf die Lippe. „Kurz nachdem seine Bank unseren Kreditantrag abgelehnt hat."

Wieder nickt Evgenia.

„Okay." Sie lässt mich los und kaut an ihren Nägeln, wie sie es immer tut, wenn sie scharf nachdenkt. „Und jetzt denkst du, er glaubt, du würdest ihm nur vorgaukeln, ihn zu mögen, um ... Was? Ihn oder die Bank zum Umdenken zu bewegen?"

„Ja. Vielleicht." Ich fummele am Griff der Kaffeetasse herum.

„Wie oft hast du diesen Magnus jetzt schon gesehen?", hakt meine Freundin nach.

Ich überlege kurz. „Viermal oder so?"

„Und hattest du vor heute Morgen das Gefühl, dass er so einen schlechten Eindruck von dir hat?" Sie sieht mich forschend an.

Ich zögere einen Moment.

Ich denke daran, wie ich ihm mein Herz ausgeschüttet habe, wie er darauf bestanden hat, mich Prinzessin zu nennen, und all meine guten Eigenschaften aufgelistet hat.

Nein, er hat keinen schlechten Eindruck von mir.

Eher einen viel zu guten.

„Du lächelst ja", freut sich Evi.

Ich betaste ertappt meine Lippen. Sie hat recht.

Klammheimlich haben sich meine Mundwinkel nach oben gebogen.

„Damit lässt sich doch arbeiten", flüstert meine Freundin in mein Ohr und streicht mir übers Haar. „Wo ein Lächeln ist, ist auch noch Platz für ein klärendes Gespräch."

Ich schniefe, zögere noch in ihren Optimismus einzustimmen. „Wenn du das meinst ..."

„Ich meine es nicht, ich *weiß* es." Sie schließt mich wieder in die Arme. „Alles wird sich aufklären, Dahlia. Ich stehe hinter dir und ich bin für dich da."

„Danke", wispere ich ihr heißer zu.

„Außeeeeer …" Sie lehnt sich ein wenig zurück. „Wenn mein Date direkt vor der Tür steht. So wie jetzt gerade."

„Date?" Ich drehe mich erschrocken um. Durch die Glastür des Ladens sehe ich Ismet, der mit Blumen und einem schüchternen Lächeln auf der Schwelle steht. „Du hast ein Date mit Ismet! Oh, entschuldige!"

Deswegen standen die beiden Tassen bereit!

Evi winkt ab. „Es ist eigentlich nur ein ungezwungenes Kaffeetrinken, bevor das Tagesgeschäft so richtig losgeht, aber du siehst ja …" Sie deutet auf den Mann vor ihrer Ladentür. „Ungezwungen kann der nicht. Das sieht aus wie ein Dutzend rote Rosen."

„Er ist so ein Romantiker!" Ich blinzele die letzten Tränen fort und grinse meine Freundin an. „Ich freue mich für dich. Wirklich."

„Danke." Sie legt einen Arm um mich, geht mit mir langsam zur Tür, um Ismet hinein und mich hinaus zu lassen. „Aber gib mir lieber einen Grund, mich auch für dich zu freuen. Rede mit deinem Onkel und mit diesem Magnus." Ihr Blick ist streng genug, dass ich gehorsam nicke. „Ich wette, zumindest ein Teil deiner Sorgen lässt sich in einem Gespräch lösen, also …" Sie kneift mich in die Wange. „Versuche, nicht völlig schwarz zu sehen, ja? Und vielleicht auch mal ein bisschen weniger stur zu sein als sonst."

Ich verziehe die Lippen zu einem Schmollmund. „Aber …"

„Kein Aber!", ermahnt sie mich, als sie die Tür für ihren Besucher entriegelt. „Steh dir einfach nicht selbst im Weg, okay? Mach dich nicht schon in deinem hübschen Köpfchen fertig, bevor du überhaupt in den Ring gestiegen bist."

„Okay", murre ich.

Ich kann nicht leugnen, dass sie recht hat.

Allein schon dieses kurze Gespräch hat das Kreisen der Gedanken in meinem Kopf deutlich verlangsamt. Mir ist jetzt ein wenig leichter ums Herz und ich fühle mich fast bereit, meinem Onkel entgegenzutreten.

Fast.

Ich grüße Ismet, umarme Evi ein letztes Mal und überlasse die beiden ihrer Verabredung.

Als ich den Marktplatz überquere, haben sich die Regenwolken vom frühen Morgen beinahe komplett verzogen. Die Sonne bringt das noch nasse Pflaster zum Glänzen.

Trotz des freundlichen Wetters beeile ich mich, zu unserem Fachwerkhaus zu kommen. Mein Outfit ist nicht gerade salontauglich und ich muss in Magnus übergroßen Sachen nicht noch mehr Menschen begegnen.

Die Tür vom *Eulenspiegel* ist verriegelt.

Ist mein Onkel etwa ausgegangen? Automatisch greife ich in die Taschen meiner Jacke, obwohl mir eigentlich klar ist, dass ich darin keinen Schlüssel finden werde. Kurzerhand umrunde ich das Gebäude und gehe zu einer wackeligen Steintreppe, die dort in den alten Gewölbekeller führt.

Direkt neben der ersten Stufe steht ein Pflanzkübel, in dem so lange ich mich erinnern kann, ein ausrangierter Weihnachtsbaum mehr schlecht als recht vor sich hin wächst. Früher, als ich noch zur Schule gegangen bin, hat Willi hier manchmal einen Ersatzschlüssel für mich hinterlegt. Nur für den Fall der Fälle.

Ich greife in das spärliche Geäst, ertaste tatsächlich eine nasse Kordel und ziehe den Schlüssel heraus.

Er hat es also nicht vergessen.

Und ihm ist wohl aufgefallen, dass ich raus bin, ohne etwas mitzunehmen.

Ich seufze. Ich muss wirklich mit ihm reden.

Es war unüberlegt und kindisch, heute Morgen so die Flucht zu ergreifen. Aber das wird kein leichtes Gespräch.

Während ich noch grübele, wie ich an diese Unterhaltung herangehen soll, tragen mich meine Füße wieder zur Vordertür. Ich schließe auf und zwänge mich durch die schwere Eichenpforte. Der Gastraum liegt still und ein wenig düster vor mir. Aber auch in dem spärlichen Licht kann ich den kleinen Zettel auf dem nächstgelegenen Tisch entdecken.

„Habe einen Termin in Buchingen. Willi."

Ich hänge meine Jacke auf und nehme den Einzeiler mit zum Durchgang in unseren Privatbereich.

In Buchingen ist er also ...

Was für einen Termin er da wohl hat?

Die Stufen knarzen unter meinen Stiefeln, Peggy plappert, als sie mich kommen hört. Es sind die ganz normalen Geräusche des Nachhausekommens.

Und doch ist es, als würde ich sie jetzt – wo ich mich frage, wie lange das hier noch mein Zuhause sein wird – auf eine andere Art hören.

Warmes Licht fällt durch die alten, kleinen Holzfenster, trifft auf unsere beiden Sessel mitten in der Wohndiele. Ich lasse mich in einen davon fallen, starre zum Dachstuhl, wo Peggy von einem Balken zum nächsten flattert. Ich betrachte die Wände, die wir schon längst neu streichen wollten, und die Aufputzleitungen, die wir irgendwann einmal noch ordentlicher verlegen wollten. In der Küchenzeile tropft der Wasserhahn und der kleine elektrische Heizkörper neben unserer Essecke brummt vor sich hin.

Wir hatten noch so viele Pläne für diese Wohnung.

Und keiner davon hat unseren Auszug beinhaltet.

Zumindest nicht für mich. Ich bin vierundzwanzig und habe noch nie woanders gelebt. Ich kenne nichts anderes als diese renovierungsbedürftigen vier Wände. Zweiundvierzig Quadratmeter, drei enge Schlafzimmer, eine Kochecke, ein WC, eine Dusche und der Raum zwischen alldem.

Hier bin ich aufgewachsen. Im Jugendzimmer meiner Mutter, das irgendwann meins wurde. Mit Großeltern, die immer mehr der Tochter nachgetrauert haben, als sich über ihre Enkelin zu freuen. Aber auch mit einem Onkel, der quasi Mutter, Vater und großer Bruder in einem war.

Die Erinnerungen rühren mich. Und gleichzeitig möchte ich nicht, dass diese Wohnung das wird: Ein Ort der Erinnerung. Ich möchte hier nicht zurückschauen.

Ich möchte hier einfach *sein*.

Mit Onkel Willi. Mit meiner Familie.

Bevor sich die nächste Tränenflut Bahn brechen kann, beschließe ich, mich aufzuraffen und mich umzuziehen. Wenn Willi zurückkommt, möchte ich hier nicht in den Leihgaben meines One-Night-Stands sitzen.

Ich schlurfe in mein Zimmer, ziehe alles, was mir Magnus mitgegeben hat, aus und werfe es mit meinen nassen Schlafsachen in den Wäschekorb. Er kriegt die Klamotten wieder, wenn ich sie gewaschen habe.

Neben meinem Bett stehen die Pantoffeln, die ich vorhin so achtlos weggetreten habe. Mein Onkel muss sie aufgelesen und mir hingestellt haben.

Ich ziehe Unterwäsche und Strümpfe an und schlüpfe hinein. Dann streife ich mir ein Shirtkleid über. Es sind normale Sachen für einen normalen Tag.

Ob wir uns bis dahin ausgesprochen haben oder nicht: Heute Abend werde ich wieder mit Willi hinter dem Tresen stehen. Denn egal, was er denkt, ich bin nicht nur eine Kellnerin. Ich schmeiße den Laden hier mit ihm.

Ob er will oder nicht.

15 – Funken und Fehltritte

Am frühen Nachmittag ist mein Onkel noch immer nicht zurück, also beginne ich allein damit, den Gastraum auf die erste Kundschaft vorzubereiten. Während ich kehre, Stühle von den Tischen hebe und über den Tresen wische, versuche ich, mir die Worte für das Gespräch mit Willi zurechtzulegen.

Ich muss ihm einfach deutlich machen, dass ich Teil der Entscheidung sein möchte. Dass er das *Eulenspiegel* nicht einfach so über meinen Kopf hinweg verticken kann. Ich bin entschlossen, ihm klipp und klar die Meinung zu sagen.

Doch je später es wird, desto weichgespülter werden die Ansprachen in meinem Kopf. Als würde mich mit jeder Minute der Mut verlassen. Ich rutsche nervös auf dem Barhocker hin und her, auf den ich mich nach langem und unruhigem Umhergehen gesetzt habe.

Wo bleibt mein Onkel nur?

Weil ich einfach nicht stillhalten kann, stehe ich doch wieder auf. Ich gehe hinter die Bar mit dem Plan, etwas zu trinken. Automatisch möchte ich mir ein Glas mit Wasser füllen, aber dann bleibt mein Blick an etwas anderem hängen. An der goldgelben Flüssigkeit hoch oben im Barschrank.

Vielleicht ein Schluck für ein bisschen Mut?

Der Adelphi war für mich immer tabu.

Als Jugendliche sowieso, aber auch als Erwachsene habe ich nie in Erwägung gezogen, von dem Scotch zu trinken. Es ist Willis Tropfen für die schönen Anlässe und ebenso für die besonders harten.

Aber ... Was ist unsere bevorstehende Aussprache, wenn nicht ein Härtefall in unserer Onkel-Nichten-Beziehung?

Kurz entschlossen greife ich mir einen Tumbler und fülle ihn einen Fingerbreit mit Whisky. Ich führe das Glas an meine Lippen und nehme gerade den ersten Schluck, als sich die Tür öffnet.

„Ich dachte, du trinkst keinen Alkohol in eurer eigenen Kneipe?", fragt Magnus zur Begrüßung.

Ich verschlucke mich beinahe. „Na ja", sage ich hustend. „Wer weiß, wie lange es noch unsere Kneipe ist."

„Verstehe." Er läuft auf den Tresen zu. „Sorry, dass ich mich einfach selbst reingelassen habe. Die Tür war nicht verriegelt, also dachte ich ..."

„Alles gut", sage ich schnell. „Ich habe wohl vorhin vergessen, wieder abzuschließen, aber ..." Ich werfe einen Blick auf die Uhr, die in einer Ecke des Raums hängt. „In anderthalb Stunden kommen ohnehin die ersten Gäste."

Er nickt und setzt sich auf einen Hocker.

Ich schwenke schweigend mein Glas.

Eine unangenehme Stille tritt zwischen uns ein.

„Es stimmt nicht, dass ich ...", beginne ich im selben Moment wie Magnus „Ich muss mich bei dir ..." sagt.

Er räuspert sich. „Du zuerst, Prinzessin."

Ich erröte und nehme zur Nervenstärkung schnell noch einen Schluck Scotch. „Ich bin heute Morgen nicht zu dir gegangen, weil ich möchte, dass du den Kreditantrag noch mal ansiehst. Das war einfach ..."

Ich suche nach den richtigen Worten. „Spontan. Nicht geplant oder so. Ich war durcheinander und ich habe irgendwie an dich gedacht."

Er lächelt und ich rede weiter. „Auch das, was zwischen uns passiert ist, heute Morgen und letzte Woche ... Das hat nichts mit diesen finanziellen Sachen zu tun. Ich bin nicht so, wie dein Bruder denkt. Ich finde dich einfach ... ganz gut. So als Mensch, ähm, als Mann. Du weißt schon."

Er lacht und ich trinke, um mich davon abzuhalten, noch etwas Peinliches zu sagen.

„Ich habe meinem Bruder keine Sekunde geglaubt, Dahlia", sagt Magnus und greift über den Tresen, um eine Strähne aus meinem Gesicht zu streichen. „Und es tut mir leid, wie er über dich gesprochen hat. Er ist manchmal ein richtiger Mistkerl." Er gibt vor, kurz zu überlegen. „Obwohl, eigentlich ist er meistens ein Mistkerl."

Ich nicke. „Okay ..." Ich bin erleichtert, dass er nicht Alberts Meinung teilt, aber ich bin auch verwirrt. „Ich hoffe, es ist in Ordnung, wenn ich das frage ... Was ist da zwischen dir und deinem Bruder? Woher kommt diese Feindseligkeit?"

Magnus zuckt mit den Schultern. „Es ist wohl sowas wie Neid. Wir sind beide nicht glücklich mit unseren Rollen."

„Euren Rollen?", hake ich nach.

„Ja, den Rollen, die wir in unserer Familie haben." Er seufzt. „Bei den Driessens geht's in erster Linie ums Geschäft. Die Bank betreiben wir schon seit Generationen. Und es war immer klar, dass und mit wem es weitergehen würde." Er fährt mit seinen Fingern über die polierte Holzplatte der Theke. „Ich bin der Erstgeborene, der Erbe. Albert ist der ewige Zweite."

Magnus schnaubt.

„Ich wurde von Anfang an sehr gefördert, gelobt und in den Mittelpunkt gestellt. Das war auf eine Art schön, aber auch anstrengend. Die Ansprüche an mich waren immer sehr hoch und sind es bis heute." Er fährt sich über das Gesicht. Er wirkt müder als sonst. Müder als noch heute Morgen „Ich schätze, ich war immer in meiner eigenen Bubble, habe nicht gemerkt, wie oft Bertie den Kürzeren gezogen hat. Aber ich kann ihn auch einfach nicht verstehen ... Eigentlich könnte er machen, was er will, aber er besteht darauf, mir im Nacken zu sitzen und sich bei unserem Vater anzubiedern."

Er verzieht den Mund zu einem schiefen Grinsen. Ich wette, er glaubt, es sähe frech aus, aber das Lachen erreicht nicht seine Augen.

„Das tut mir wirklich leid", sage ich betroffen. „Dass du unter diesem Druck stehst und dass es zwischen euch so ... na ja, dass es eben so ist, wie es ist."

Magnus winkt ab. „Wir können es nicht ändern. Ich habe das mit dem Rebellieren mal ausprobiert, aber weiter als ein paar Tattoos und Zaubertricks bin ich nicht gekommen." Er seufzt. „Es ist schwer, aus etwas auszubrechen, dass so viel größer ist als man selbst."

Er schweigt kurz.

Dann lacht er auf.

Es klingt humorlos, irgendwie bitter. „Na ja, so haben wir wenigstens alle jemanden, auf den wir wütend sein können. Albert ist ständig wütend auf mich, ich bin ständig wütend auf meinen Vater und der ..." Seine Fingerkuppen trommeln auf das Holz. „Keine Ahnung. Manchmal denke ich, er kann sich selbst nicht ausstehen."

Ich stehe da und weiß für einen Moment nicht, was ich sagen soll. Dass es in seiner Familie so zugeht, habe ich nicht gedacht.

Magnus wirkt immer so locker, charmant und witzig. Besonders bei seinen Tricks strahlt er eine Freude und Leichtigkeit aus, die beinahe ansteckend ist.

Ist das die eigentliche Illusion?

Seine Sorglosigkeit?

Glücklich zu erscheinen, obwohl man es nicht ist, erscheint mir wie ein sehr kräftezehrender Zauber.

Ich umrunde den Tresen und stelle mich neben Magnus. Seine Augen folgen mir, aber ich sehe kein Leuchten darin. Kein Feuer. Kein Bernstein. Er sieht mich an wie durch ein trübes Fensterglas.

Ich hebe eine Hand und streiche damit sanft über seine Wange. Auf dem Weg zu seinen Schläfen versuche ich, keine der Sommersprossen auszulassen. Schließlich klemme ich eine der kurzen, kupferroten Strähnen hinter sein Ohr.

„Ich kann dich sehr gut ausstehen", flüstere ich.

Ganz langsam verziehen sich seine Lippen zu einem echten Lächeln. Und dieser kleine glimmende Funke kehrt in seinen Blick zurück.

„Wie gut, dass ich dich auch ausstehen kann." Er lässt eine Hand über meinen Arm gleiten, umfasst meinen Ellenbogen und zieht mich ein wenig zu sich. „Küss mich, Prinzessin."

Ich schließe die Distanz zwischen uns, senke meine Lippen auf seine und lasse mich in den Kuss fallen. Magnus' Arme umschließen mich, hüllen mich in eine innige Wärme. Ich lege meine Hände auf seine Brust und spüre sein klopfendes Herz. Zu wissen, dass ich es so zum Pochen bringe, macht etwas mit mir.

Ein Gefühl wie perlende Limonade sprudelt in mir empor. Ich merke, wie mein Atem schneller wird, wie mein Körper unter seinen Berührungen erschaudert.

Blut rauscht durch meine Ohren und vielleicht höre ich deswegen nicht, wie mein Onkel zur Tür hereinkommt.

Doch was er sagt, entgeht mir nicht.

„Was geht hier vor?", verlangt er zu wissen, während die Eichentür hinter ihm polternd ins Schloss fällt.

Ich zucke zusammen. „Onkel Willi!" Hastig löse ich mich von Magnus. „Ich, ähm, äh ... Das ist Magnus D..."

„Driessen." Mein Onkel verschränkt die Arme. „Ich weiß."

„Herr Balscheid." Magnus steht von seinem Sitz auf und hält ihm die Hand hin.

Willi macht keine Anstalten, näherzukommen und sie zu ergreifen. „Was tun Sie hier, Driessen? Wir haben noch nicht geöffnet", zischt er durch zusammengebissene Zähne.

„Nun, ich ..." Magnus wirft mir einen Blick zu.

Ich schüttele den Kopf.

Wenn hier jemand meinem Onkel erklärt, in was er gerade hineingeplatzt ist, dann bin ich das.

„Ich schätze, ich sollte gehen." Magnus streicht mir nur scheinbar beiläufig über den Arm, richtet seinen Hemdkragen und sein Jackett. Als er an meinem Onkel vorbeiläuft, zeigt Willi keine Regung. Er starrt mich nur an, bis sich die Türe hinter Magnus schließt.

„Einer von den Yuppies?", knurrt er. „Im Ernst? Was denkst du dir, Dahlia?"

Ich schnaube. „Dass ich eine erwachsene Frau bin und selbst entscheiden kann, mit wem ich meine Zeit verbringe?"

Mein Onkel schüttelt den Kopf. „Gäste sind tabu. Du kennst die Regel."

„Die Regel?" Ich fasse mir an die Stirn. „Die Regel? Heute Morgen redest du noch darüber, den Laden zu verkaufen, erklärst mir, dass ich hier keine Verantwortung

131

und Konsequenzen zu tragen habe und jetzt ... Jetzt kommst du mir mit Regeln?"

„Die Regeln ändern sich nicht, nur weil sich die Zeiten ändern", beharrt er.

„Doch!" Ich gehe auf ihn zu. „Doch, genau so ist es! Zeiten ändern sich. Und Menschen und Gefühle auch."

Er macht eine wegwerfende Handbewegung. „Was redest du da?"

„Ich rede davon, dass ich nicht meine Mutter bin", sage ich mit fester Stimme. „Ich bin kein junges Naivchen, das sich von einem Gast schwängern lässt. Und ich bin auch nicht drauf und dran, mit Magnus durchzubrennen." Ich hole tief Luft. „Ich bin erwachsen und ich bin verantwortungsvoll."

„Du bist leichtsinnig!", entgegnet mein Onkel. „Du kennst die Absichten dieses Typen doch gar nicht!"

„Ich kenne aber *meine* Absichten!" Ich fange an zu gestikulieren. „Und ich kann mich durchaus durchsetzen, wenn ich mit ihm allein bin."

„Wenn du mit ihm allein bist?" Willi rauft sich das spärliche Haar. „Wie oft warst du denn schon mit diesem Kerl *allein*?"

„Das geht dich nichts an!", antworte ich energisch.

„Und ob es das tut!", empört er sich.

Jetzt bin ich es, die sich die Haare rauft. „Warum?"

„Weil ich dein ..." Er unterbricht sich. „Weil das nicht geht. Du mit so einem reichen Kerl von der Bank, während wir uns kaum finanziell über Wasser halten können ... Das sieht aus, als würdest du ..."

„Als würde ich *was*?", fordere ich ihn heraus. „Als würde ich ihn mögen? Denn, ja, das tue ich. Obwohl ich ganz genau weiß, wie *das* für Wen-auch-immer aussehen könnte."

Ich seufze.

„Ich kann nicht mehr, Onkel Willi", sage ich leiser. „Ich kann nicht mehr nach dieser komischen Regel leben. Und ich kann nicht mehr ständig auf der Hut vor dem sein, was die Leute denken und tratschen könnten. Ich kann nicht mehr im Schatten meiner Mutter stehen." Ich lasse die Arme sinken. „Und vor allem kann ich mir nicht aussuchen, in wen ich mich verliebe." Ich zögere, bevor ich den nächsten Satz ausspreche, aber ich habe genug von der ganzen Geheimnistuerei. „Das müsstest du eigentlich am besten wissen."

Ich sehe noch wie sich seine Augen weiten, dann mache ich auf dem Absatz kehrt und stürme nach oben in die Wohnung.

16 – Väter

Er findet mich, wie ich auf meinem Bett liege und die Decke anstarre, doch er wagt sich nicht über meine Schwelle.

„Wie lange weißt du es schon?", fragt Willi mich vom Türrahmen aus.

„Ich schätze ..." Ich vertiefe mich in die Maserung eines Deckenbalkens, während ich in meiner Erinnerung grabe. „Schon immer, irgendwie. Wenn Opa keine Lust mehr hatte, mit mir zu schimpfen oder über meine Mutter herzuziehen, dann hat er sich über dich ausgelassen. Es hat nur ein paar Jahre gedauert, bis ich die Worte, die er benutzt hat, verstanden habe."

„Das sieht ihm ähnlich. Er hat es nicht ..." Die Stimme meines Onkels klingt gedämpft, als würde er gegen einen dicken Kloß in seiner Kehle ansprechen. „Er hat es nicht akzeptieren können. Bis zuletzt nicht."

„Sein Verlust", sage ich. „Er hätte dich nicht rausschmeißen sollen."

Ich höre, wie er nach Luft schnappt. „Davon weißt du auch?"

„Ja." Ich drehe den Kopf zu ihm. „Ich habe Oma immer mit Fragen nach dir und meiner Mutter genervt. Sie hat mir damals erzählt, dass du dich mit irgendwelchen zwielichtigen

Männern eingelassen hättest und Opa dich deswegen davon-
jagen musste." Ich muss unwillkürlich lächeln. „Ich dachte
lange, du wärst ein Gangster oder Mafioso oder sowas
geworden."

Nun macht Willi doch ein paar Schritte ins Zimmer.
„Das war bestimmt enttäuschend für dich zu erkennen, dass
ich mich einfach nur in Männer verliebt hatte."

„Nein." Ich richte mich auf. „Im Gegenteil." Ich lade ihn
ein, sich neben mich auf die Matratze zu setzen. „Ich war
erleichtert und fand es schön. Als ich vierzehn war ... Als Opa
gestorben ist und du nach Omas erster OP hierhergekommen
bist, um auf mich aufzupassen, da ... Da war ich wirklich froh,
dass du einfach ein liebender Mann bist. Und keiner von
denen, vor denen man Angst haben muss." Ich stupse ihn an.

Er lächelt traurig. „Ich dachte nicht, dass ich jemals
zurückkehren würde."

Ich lege eine Hand auf seine Schulter. „Danke, dass du
es trotzdem getan hast."

„Dahlia, du ..." Er räuspert sich. „Du solltest mir dafür
nicht danken. Ich habe die ganzen Jahre nicht darüber nachgedacht, was diese Regel mit dir macht. Wie es für dich sein
muss wegen dem, was ich oder meine Schwester vermeintlich
falsch gemacht haben, unter Generalverdacht zu stehen. Dich
nicht daneben benehmen zu dürfen, nicht verlieben zu
dürfen, in wen du willst, das Gerede der Leute im Zaum
halten zu müssen ..." Er holt tief Luft. „Nichts davon hätte
man dir aufbürden sollen. Von allen in dieser Familie hast du
am allerwenigsten dazu beigetragen, dass die Dinge so sind,
wie sie sind." Er fährt sich über die Stirn. „Es tut mir leid. Ich
hätte diesen Unsinn beenden sollen. Diese Regel meines
Vaters war genauso falsch wie seine Einstellung."

Ich blinzele.

Seine Worte treffen Orte meines Herzens, die schon lange schmerzen.

„Du hast eben an dem festgehalten, was irgendwie gewohnt war." Ich reibe mir die Augen. „Du hast deine Sache trotzdem gut gemacht."

„Meine Sache?" Ein verräterisches Glänzen liegt in seinem Blick, als er mich ansieht.

Ich weiß nicht, wann ich zuletzt erlebt habe, dass er den Tränen so nah war. Die nächsten Worte hervorzubringen, scheint kaum machbar. Aber sie sind so wichtig.

„Ich habe ... wahrscheinlich ... irgendwo einen Vater, der nichts von meiner Existenz weiß", beginne ich. „Und ich hatte einen Großvater, der am liebsten nichts von mir gewusst hätte." Ich schniefe. „Ich habe keine Erfolgsbilanz mit Vätern. Aber wenn es um Onkel geht ..." Ich sehe ihn durch verschwommene Augen an. „Da habe ich einen Glücksgriff gemacht, denke ich."

„Kleines." Er zieht mich in eine Umarmung und gibt mir einen Kuss auf die Stirn. „Kleines", wiederholt er und streicht mir übers Haar, wie er es schon früher manchmal getan hat, wenn ich geweint habe oder frustriert war.

„Ich bin so stolz auf dich", murmelt er mit brüchiger Stimme. „So stolz auf die Frau, die aus dir geworden ist."

„Bring mich nicht zum Heulen!", bitte ich ihn, aber natürlich ist es dafür längst zu spät.

Die Tränen haben sich schon ihren Weg gebahnt und landen jetzt irgendwo in Onkel Willis Armen.

Er lacht. „Das sagt die Richtige! Bringst hier einen alten Mann zum Flennen."

„Du bist nicht alt!", widerspreche ich.

Wieder bebt sein Oberkörper unter Gelächter. „Und ob ich das bin ..." Er lockert seinen Griff um mich, lehnt sich zurück, um mich anzusehen. „Und ich sollte mich auch so verhalten."

Ich blinzele verwirrt. „Wie meinst du das?"

„Ich meine damit ..." Er seufzt tief. „Dass ich anerkennen sollte, dass es langsam Zeit wird, das Feld zu räumen. Für meine Nachfolgerin."

Ich schüttele den Kopf. „Was?"

„Dahlia." Er nimmt mich an beiden Händen. „Du bist mehr als eine Kellnerin. Du hast absolut recht, du trägst das *Eulenspiegel* mit mir. Das tust du im Grunde schon, seit du hier das erste Mal Gläser gespült hast." Er räuspert sich. „Und es wird Zeit, dass ich das anerkenne und dich auch in die schweren Entscheidungen einbeziehe."

„Auch in den Verkauf?", frage ich mit pochendem Herzen.

Er nickt. „Auch wenn es zu einem Verkauf kommen sollte, ja."

„*Wenn* es dazu kommen sollte?", hake ich nach.

„Es ist eine Option, die wir ernsthaft in Erwägung ziehen müssen." Er seufzt. „Aber vielleicht ist es nicht die einzige. Wir sollten die Köpfe zusammenstecken und gemeinsam überlegen."

Ich kann nicht anders, als zu grinsen. „Wirklich?"

„Wirklich", bestätigt er mir.

„Hattest du jetzt gerade diesen Sinneswandel?", frage ich frech.

„Nein." Er kratzt sich hinterm Ohr. „Ehrlich gesagt hat mir heute jemand den Kopf gewaschen."

„Dein *Termin* in Buchingen?" Ich wackele mit den Augenbrauen. „Wie heißt er?"

Mein Onkel wird rot.

Mein Onkel wird tatsächlich rot!

„Er heißt Sascha und wir kennen uns seit knapp zwei Jahren", gibt er mit einem kleinen Lächeln preis.

„Ha!", rufe ich triumphierend aus. „Ich wusste doch, dass du nicht dreimal die Woche zu Oma ins Pflegeheim gehst!" Ich hopse vom Bett. „Willi hat nen Freund! Willi hat nen Freund!", trällere ich im Singsang, während ich durchs Zimmer tanze.

Er hebt eine Braue. „Vielleicht habe ich dich doch überschätzt. Vielleicht bist du doch noch nicht reif genug für diese Nachfolgesache."

„Ach, komm schon!" Ich lasse mich wieder aufs Bett fallen. „Darf ich mich nicht freuen, dass es jetzt jemand neuen in unserer kleinen Familie gibt?"

„Doch." Er verdreht die Augen, aber seine Ohren glühen. „Nur ... Übertreib es nicht, Dahlia, ja?" Ein warnender Blick trifft mich. „Erzähle es auch noch nicht Evgenia, klar? Wir entscheiden selbst, wann wir unsere Beziehung mit der Welt teilen. Vor allem mit der Fichtinger Welt."

„Euer Geheimnis ist bei mir sicher", verspreche ich ihm zwinkernd. „Darf ich ihn denn einmal kennenlernen?"

Onkel Willi grinst hinterlistig. „Nur wenn du mich erst zu Oma begleitest. Sie fragt, warum ihre Enkelin sie nie im Heim besuchen kommt."

„Unsinn, tut sie nicht." Ich beiße mir auf die Lippe.

Onkel Willi nimmt meine Hand.

„Sie tut es. Sie fragt nach dir und sie bereut." Er seufzt. „Und sie will Peggy sehen."

„Was?" Ich lache und wie auf Kommando kommt die Papageiendame ins Zimmer geflattert. „Sie vermisst das Federvieh?"

„Nichtsnutz", krächzt der Vogel.

Onkel Willi lächelt milde. „Ich denke, sie würde ihr gern dieses Wort abgewöhnen."

17 – Ein neues Konzept

„Ein Teilverkauf?"

Nachdem Onkel Willi und ich fast zwei Wochen lang ergebnislos gegrübelt haben, wie wir uns und das *Eulenspiegel* doch noch vor dem Ruin retten können, habe ich Magnus um seinen fachmännischen Rat gebeten.

Nun sitzt er, wieder einmal als letzter Gast, in unserer Kneipe, am Tisch in der Ecke und geht mit uns Rechenbeispiele durch.

„Na ja, anstelle des ganzen Hauses könntet ihr nur das Lokal verkaufen. Und es dann vielleicht vom neuen Besitzer pachten." Er tippt den Kuli in seiner Hand gegen eines unserer Whisky-Gläser. „Die Einnahmen aus dem Verkauf könnten euch helfen, die notwendigen Renovierungen zu bezahlen und alte Rechnungen zu begleichen. Und ihr könntet den Betrieb fortsetzen und mit diesen Einnahmen weiter für die Raten des bestehenden Kredits aufkommen."

Onkel Willi ist skeptisch. „Aber die Raten sind jetzt schon schwer, zusammenzukratzen. Und dann sollen wir noch eine Pacht zahlen?" Er schüttelt den Kopf. „Da kommen wir ja doch nicht aus den roten Zahlen raus."

„Mit dem richtigen Käufer vielleicht schon", gibt Magnus zu bedenken.

„Du meinst jemanden, der uns einen exorbitant hohen Preis für die Wirtschaft bezahlt und gleichzeitig wenig Pacht verlangt?" Ich tätschele ihm den Arm. „Du kommst doch aus der bösen Bankerwelt. Du weißt doch, dass bei Geld die Freundschaft aufhört."

„Nicht jeder denkt so", behauptet der Mann, der mittlerweile so etwas wie mein fester Freund ist.

Also in meinem Kopf. Ich weiß noch nicht, wie er über diese Bezeichnung denkt.

„Ach ja?", witzele ich. „Wer ist denn so uneigennützig und großzügig?"

Magnus lässt sich mit seiner Antwort Zeit, trinkt einen Schluck Scotch. „Ich", sagt er dann.

„Du?", fragen mein Onkel und ich wie aus einem Mund.

„Na ja, ja." Magnus kratzt sich im Nacken. „Ich würde die Pacht niedrig halten ..." Er sucht meinen Blick. „Für eine Art von Gefallen."

„Untersteh dich, Junge", grollt mein Onkel.

„Was?" Magnus sieht Willi an. Dann weiten sich seine Augen. „Nein, oh, nicht doch. *Diese* Art von Gefallen habe ich nicht gemeint!" Er wird rot. So richtig rot. Von der Nase bis in die Haarspitzen.

„Welche Art von Gefallen meinst du denn dann?", frage ich in einem absichtlich lasziven Ton.

„Dahlia!" Mein Onkel schüttelt den Kopf. „Bleibt doch bei der Sache, Kinder! Ich bitte euch!"

Magnus räuspert sich. „Ich meine ... Ich würde gern das Lokal buchen. Ein- oder zweimal in der Woche."

Ich hebe interessiert eine Braue. „Okay. Wofür?"

„Für Workshops, in denen ich anderen meine Zaubertricks beibringe", erzählt er und seine Augen beginnen zu leuchten. „Und für eine regelmäßige Show, damit ich vor

Publikum auftreten kann." Er verfällt in einen fast schwärmerischen Ton. „Es macht mir einfach Spaß, vor Publikum zu performen, und das *Eulenspiegel* hat eine ganz andere Atmosphäre als zum Beispiel das Alte Theater. Hier können die Leute etwas trinken, sich entspannen und ich kann an die Tische kommen und mit ihnen interagieren."

Ich muss lachen. Nicht weil ich den Vorschlag lächerlich finde, sondern weil es einfach schön und herzerwärmend ist, wie ihn diese Idee mitreißt. „Das heißt, ab sofort gibt es *Tricks und Drinks* im *Eulenspiegel*?"

Onkel Willi reibt sich übers Kinn. „Wisst ihr was? Das klingt gar nicht übel. In Buchingen gibt es solche Lokale: Bars mit einem Open Mic und Restaurants mit Dinner-Theater. So ein bisschen Entertainment lockt die Leute schon an ..."

Ich nicke, fühle mich an die junge Frau erinnert, die mal im *Eulenspiegel* zu Gast war und vom Live-Programm im *Starlight Club* erzählt hat.

Ein Unterhaltungsprogramm könnte etwas verändern ...

„Also haben wir einen Deal?", freut sich Magnus schon.

Onkel Willi und ich tauschen einen Blick aus.

„Ich denke, ihr beide solltet da mal unter vier Augen drüber sprechen", sagt er. „Ich muss sowieso hinter der Theke klar Schiff machen." Mit einem leisen Ächzen steht er von seinem Stuhl auf und läuft zum Tresen.

„Was meint er damit?", fragt Magnus, kaum dass Willi außer Hörweite ist.

Ich seufze. „Er meint damit, dass du und ich seit knapp vier Wochen miteinander schlafen und dass es bei diesem Deal um mehr als eine Freundschaft Plus geht."

„Freundschaft Plus?" Magnus sieht ehrlich geschockt aus. „Würdest du das zwischen uns so nennen?"

„Ich weiß nicht, wie ich es nennen soll!", antworte ich.

„Aber ich denke schon, dass es knifflig werden könnte, wenn wir uns irgendwann nicht mehr die Kleider vom Leib reißen wollen und dir dann das *Eulenspiegel* gehört."

„Oh." Magnus fährt sich durchs Haar.

„Ja", pflichte ich ihm bei. „Oh."

„Also komme ich als Käufer nicht infrage, was?" Das Bedauern steht ihm ins Gesicht geschrieben.

„Ich denke nicht", antworte ich kopfschüttelnd. „Aber das mit den Workshops und den Auftritten ..." Ich grinse. „Das finde ich richtig gut. Mein Onkel soll sich mal bei den Gastrobetrieben in Buchingen umhören, wie die das so machen. Ob die von ihren Show Acts eine Art Miete kassieren oder ob das über Eintrittsgelder läuft ..."

Magnus lächelt zurück. „Ich möchte auf jeden Fall, dass ihr etwas davon habt."

Ich nehme seine Hand.

„Und ich möchte keine Almosen, okay?", erkläre ich ihm mit ruhiger Stimme. „Es soll sich auch für dich lohnen. Ein gutes Geschäft für uns beide." Ich seufze. „Sonst komme ich mir wirklich billig vor. Albert, Kilian und deine Kollegen zerreißen sich so schon das Maul über unsere ... Na ja, über uns eben."

„Scheiß auf die", sagt Magnus. „Die sind nur neidisch. Du weißt ja gar nicht, wie viele von denen nur wegen deines süßen Hinterns in diese Kneipe gekommen sind." Er deutet auf den üblichen Platz der Truppe.

„Doch, das weiß ich", seufze ich. „Sie waren nicht gerade subtil mit ihren Frechheiten."

Magnus mustert mich. „Muss ich jemanden feuern? Oder verschwinden lassen?"

Ich lache. „Nein. So ein paar kleine Yuppies kriege ich schon noch selbst in den Griff."

„*Yuppies*?" Er grinst. „Ich dachte, für dich sind das arrogante Scheißer."

Ich zucke mit den Schultern. „Ich werde hier jetzt Chefin, ich kann nicht mehr so kindische Ausdrücke benutzen, wenn es um unangenehme Gäste geht."

Magnus hebt eine Braue. „Wie überaus reif von dir, Prinzessin."

Ich stehe auf, um meinen Platz zu wechseln und mich direkt neben ihn zu setzen. „Wäre es jetzt, da ich so viel Verantwortung und Konsequenzen trage, nicht angemessen, mich zur Königin zu upgraden?", frage ich und spiele mit einem Knopf an seinem Hemdkragen.

„Hmmm ..." Magnus schlingt seine Arme um mich. „Ich werde es mir durch den Kopf gehen lassen."

„Durch deinen Kopf ... So so ..." Ich drücke mich nah an ihn und streiche betont beiläufig eine Strähne aus seiner Stirn. „Na, sie mal einer an!"

Stolz präsentiere ich ihm die Karte, die vermeintlich hinter seinem Ohr hervorgezogen habe. Das Blatt zeigt die Herzkönigin.

„Dahlia!", staunt Magnus. „Wie hast du das gemacht?"

Ich zucke mit den Schultern. „Zauberei."

Epilog – Dahlien

Ein halbes Jahr später.

Ich schiebe seinen Arm und die Decke von mir herunter. „Wir müssen jetzt aufstehen, Magnus."

„Mmhm." Sein Widerspruch ist ein Grummeln nah an meinem Ohr. „Noch fünf Minuten."

„Das hast du schon vor zehn Minuten gesagt", gebe ich zurück. „Unten wartet ein Haufen Arbeit auf uns. Wir müssen noch putzen, dekorieren und nachher kommt Evis Mutter, um das Buffet aufzubauen."

Er stöhnt und dreht sich auf den Rücken. „Wann sind wir eigentlich eine Location für Verlobungsfeiern geworden? Wir betreiben eine Kneipe, verdammt noch mal."

„Wie war das?" Ich richte mich auf, stemme die Hände neben ihm in die Matratze. „*Ich* betreibe diese Kneipe. Du bist hier nur der Entertainer."

„Richtig." Er öffnet die Augen und schenkt mir sein schelmischstes Grinsen. Dann greift er meine Handgelenke und zieht mich mit einem Ruck an sich, sodass ich auf ihm liege. „Und wie gern ich unter dir arbeite."

„Lenk nicht ab!" Ich verdrehe die Augen. „Los! Aufstehen, Kaffee und an die Arbeit!"

Ich befreie mich aus seinem Griff und steige aus dem Bett.

„Was man nicht alles tut, um eine Königin zufriedenzustellen", seufzt er mit viel Theatralik, ehe er sich auch von der Matratze rollt.

„Das ist genau das Mindset, dass ich bei meinen Mitarbeitern sehen will", scherze ich, nur Sekunden bevor mich ein weiches Kissen im Gesicht trifft.

„Hey!", empöre ich mich, aber kann das Lachen nicht zurückhalten. Es sprudelt nur so aus mir heraus. Im nächsten Moment ist Magnus bei mir, schließt mich in eine Umarmung und küsst mich auf die Schulter.

So beginnen unsere Tage oft.

Mit einer kleinen Zankerei und vielleicht mit einer Kissenschlacht. Aber vor allem mit Umarmungen, Küssen und kleinen Flirts, bevor wir uns an die Arbeit machen.

Magnus hat, wie wir es geplant haben, mit kleinen Shows und Zauber-Workshops im *Eulenspiegel* angefangen. Durch seine Social-Media-Präsenz konnten wir uns speziell am Anfang kaum vor Gästen retten. Gefühlt war schon jede Person, die im Umkreis von siebzig Kilometern einen TikTok-Account hat, bei uns, um ihn live zu erleben oder von ihm zu lernen. Er ist erfolgreich, kommt wirklich gut an mit seinen Tricks und es ist gut für das Lokal.

Bisher mussten wir das *Eulenspiegel* nicht verkaufen.

Es ist zwar noch immer rustikal, noch immer ein wenig heruntergekommen, aber mit dem, was wir jetzt dazuverdienen, renovieren wir es nach und nach. Genauso wie die Wohnung darüber.

Onkel Willi ist vor zwei Monaten ausgezogen, um endlich die ganze Woche bei seinem Freund Sascha in Buchingen verbringen zu können. Peggy hat er hiergelassen.

Die Papageiendame hat sich strikt geweigert, ihre Lieblings-
plätze auf den Dachbalken aufzugeben, also habe ich sie nun
an der Backe. Zumindest hat sie aufgehört, mich *Nichtsnutz*
zu nennen. Ob das ihre Art ist, Dankbarkeit zu zeigen, oder
reiner Zufall, kann ich nicht sagen. So oder so macht es unser
Zusammenleben ein wenig harmonischer, wenn ich nicht
ständig an die Standpauken meiner Kindheit erinnert werde.

Ein Stück weit habe ich mit dieser Vergangenheit
meinen Frieden geschlossen. Ab und zu begleite ich jetzt
sogar Onkel Willi, wenn er Oma im Pflegeheim besucht.
Unsere Annäherungsversuche sind noch holprig, aber ich
denke, wir wollen alle drei diese zweite Chance, eine Familie
zu sein, nutzen. Vielleicht stelle ich meiner Großmutter
demnächst sogar einmal Magnus vor.

Jetzt da wir als Paar zusammenwohnen ...

Erst vor Kurzem hat er die WG mit Albert verlassen und
sich bei mir eingemietet. Ja, Magnus zahlt wirklich Miete und
glaubt, ich wüsste nicht, dass das seine Art ist, um mich an
seinem Wohlstand teilhaben zu lassen.

Ich durchschaue ihn und seine vielen kleinen Gesten.

Wenn er so wie jetzt an der halb erneuerten Küchenzeile
steht, mir in Shirt und Shorts den Kaffee genau so aufbrüht,
wie ich ihn mag ... Das sind die Momente, in denen ich mir
denke, dass er mich vielleicht liebt. Und ich ihn.

Aber ich zögere noch, es ihm zu sagen.

Das letzte halbe Jahr war wie ein Wirbelwind. Vor allem
in seinem Leben.

Er hat seiner Familie angekündigt, sich zugunsten seiner
Zauber-Events aus dem Bankgeschäft herauszunehmen.
Seine Eltern waren alles andere als begeistert und noch
arbeitet Magnus weiter für die Privatbank Driessen. Aber
nach langem Hin und Her wurde nun beschlossen, dass

Albert nach seinem Studium in die Fußstapfen ihres Vaters treten wird, was zumindest die beiden Brüder ein wenig versöhnt hat. (Und gleichzeitig Kilian Hartmuth, der schon eine riesige Beförderung gewittert hat, ziemlich albern hat dastehen lassen.)

Es ist noch alles recht frisch. Ich spüre, was für eine Erleichterung dieser Schritt für Magnus war – und wie schwer es ihm trotzdem gefallen ist. Es ist hart, ein altes Leben loszulassen, auch wenn es nicht das richtige war.

„Du machst es schon wieder", sagt er jetzt und grinst mich an.

„Was?", frage ich verdattert.

„Grübeln." Er stellt mir die Kaffeetasse hin.

Automatisch greife ich danach. „Ich grübele nicht, ich war nur ... in Gedanken."

Er lacht. „Ich glaube, das ist die Definition von Grübeln, Dahlia."

Ich nippe an meinem Getränk. „Was?"

„Wenn du noch einmal *Was?* fragst, beschließe ich, dass du noch zu müde bist, und schleife dich wieder ins Bett", raunt er mir zu.

„Ich bin nicht zu müde", protestiere ich.

Er hebt eine Braue. „Ach, nein?"

„Nein", gebe ich bockig zurück.

Er trinkt von seiner eigenen Tasse und fixiert mich weiter mit diesem kritischen Blick. „Und warum fällt dir dann nichts auf?"

„Was soll mir denn auffallen?", frage ich und merke, wie ich dabei ein wenig genervt klinge.

Er zuckt mit den Schultern. „Die Tasse zum Beispiel."

„Welche Ta..." Ich starre auf das Porzellan in meiner Hand. Und erschrecke ein wenig, weil ich es wiedererkenne.

Die üppigen, roten Blüten haben sich irgendwie in mein Gedächtnis eingebrannt. „Die ist doch aus deiner alten Wohnung ... Aus Alberts Wohnung ... Ich dachte, du bist da nur mit deinem Koffer raus. Wie kommt die denn plötzlich hierher?"

„Ich bin vorgestern noch mal hin, hab das Schloss geknackt und sie geklaut", erzählt er nonchalant.

„Das Schloss geknackt? Geklaut?" Ich weiß nicht, ob ich losprusten oder schimpfen soll.

„Na ja, ich habe Bertie zwar den Chefposten in der Bank überlassen, aber das heißt nicht, dass ich ihm auch diese Tasse überlasse." Er sagt es so, als wäre es das Offensichtlichste auf der Welt.

„Was hast du nur mit dieser Tasse?" Nun lache ich doch. „Nur weil ich daraus nach unserem One-Night-Stand getrunken habe?"

„Ja." Er nimmt einen neuen Schluck Kaffee. „Und weil Dahlien drauf sind. Offensichtlich."

Ich kichere. „Es sind doch nur Blumen."

Er schnaubt. „Nur die Blumen, nach denen die tollste Frau, die ich kenne, benannt ist."

Hitze steigt mir in die Wangen. „Komm schon, das weißt du doch gar nicht. Meine Mutter hat den Namen wahrscheinlich einfach nur ausgesucht, weil er ganz nett klingt."

„Na gut." Er nippt wieder an seiner Tasse. „Vielleicht weiß ich nicht sicher, ob du nach ihnen benannt wurdest, aber ..." Er grinst, aber nicht auf die freche Art. „Ich weiß, was sie bedeuten."

„Was sie bedeuten?" Langsam habe ich das Gefühl, hier auf den Arm genommen zu werden.

Er seufzt. „In der Sprache der Blumen, Prinzessin."

„Königin!", bestehe ich.

Magnus verdreht die Augen. „Meine Güte, jetzt hör mal kurz auf, mich ständig zu unterbrechen, und lass dich auf den Trick ein."

„Welchen Trick?" Ich ziehe die Nase kraus. „Verzauberst du mich jetzt schon am frühen Morgen? Das ist nicht fair."

Er rauft sich die Haare. „Es wäre voll romantisch, wenn du es zulassen würdest."

„Okay, okay", beschwichtige ich ihn. „Mach dein Ding."

Er atmet tief durch. „Danke, also ..." Er wirft mir einen Blick zu, prüft, ob ich dieses Mal wirklich bei der Sache bleibe. „Wie ich bereits sagte, haben diese Blumen eine Bedeutung. Eine geheime Botschaft sozusagen. Wenn du das nächste Mal trinkst, siehst du sie."

„Ich soll trinken?"

„Ja."

„Einfach nur trinken?"

„Herrgott, ja, Dahlia!"

Ich hebe die Tasse an meine Lippen und nehme einen beherzten Schluck.

„Okay ..." Ich schaue umher. „Wo genau soll ich diese Botschaft sehen?"

Er lächelt. Und jetzt denke ich, dass es mehr Aufregung als Frustration ist, die seine Augen zum Glänzen bringt.

„Stell die Tasse kurz ab", weist er mich mit weicher Stimme an. „Und schau in deine Handfläche."

Ich blicke zu meiner Hand, die noch immer fest den Griff der Tasse umschließt. Wie sollte er da jetzt eine Botschaft hineingemogelt haben?

Unsicher schaue ich ihn an.

„Bitte, Prinzessin, riskiere nur einen Blick." Seine Forderung ist sanft, beinahe sehnsüchtig.

Ich nicke. Obwohl ich damit rechne, nichts zu finden, löse ich vorsichtig Finger für Finger von der Tasse und schaue in meine offene Hand.

Und mein Kopf macht eine Vollbremsung.

Alles steht still.

Mit einem Mal denke ich nicht mehr darüber nach, wie dieser Trick funktioniert.

Ich frage mich nicht mehr, ob er sich einen Scherz mit mir erlaubt.

Ich lese nur diese drei Worte.

Es sind nicht die drei, die mir immer wieder selbst durch den Kopf geistern, wenn ich Magnus ansehe. Sie sind anders, aber sie sind genauso schön. Und sie sind verblüffenderweise in meiner eigenen Handschrift geschrieben.

Auf meiner Haut, in meinem Gekrakel steht dort:

Für immer Dein.

Und als ich aufblicke und in seine Bernsteinaugen sehe, bin ich endgültig verzaubert.

Ende.

Danksagung

Jetzt da die Arbeit an „Der Blick, den wir riskieren" hinter mir liegt, ist es beinahe leicht zu übersehen, wie viele Mühen zwischen diesen Seiten stecken.

Das Erste, was die meisten Menschen wahrnehmen, wenn es um ein Buch geht, ist die äußere Erscheinung. Buchcover entscheiden, ob Lesende ein Buch überhaupt näher betrachten, ob sie es in der Buchhandlung in die Hand nehmen oder im Online-Shop anklicken. Die Gestaltung bestimmt darüber, ob sie den Klappentext studieren und der Geschichte eine Chance geben.

Bevor die Arbeit einer Autorin überhaupt gesehen wird, muss der Umschlag überzeugen. Deswegen ist es unabdingbar, in Sachen Design einen verlässlichen Partner zu haben. Torsten hat bisher jeder meiner Geschichten ein ansprechendes Gewand verpasst. Und selten hatten wir so viel Spaß wie bei diesem Projekt! Ich weiß, diesen Satz wirst nur du verstehen, lieber Torsten, aber ich freue mich darauf, wenn wir das nächste Mal Bachblütentee reklamieren.

Bei einem Text, der mehrere Zehntausend Worte umfasst, kann man schon einmal den Überblick verlieren. Es passieren alle Arten von Fehlern: kleine, große, leichtsinnige und peinliche. Als Schreibende entblößt man sich vor demjenigen, der den Text als Erstes liest. Ich bin so dankbar für den klaren, wertschätzenden und professionellen Blick, den Marcel als Lektor auf mein Buch wirft. Lieber Marcel, du stellst an den richtigen Stellen die richtigen Fragen und bewahrst mich davor, zum Gespött der Leute zu werden. Ich danke dir!

Die Angst, dass das eigene Werk keine gnädigen Blicke ernten wird, ist sehr real. Man braucht jemandem, der einem Mut macht, seine Geschichte zu präsentieren.

Ich danke meiner Kollegin Melissa, mit der ich schon die allerersten Ideen für dieses Buch gewälzt habe. Ich danke meiner Kollegin Daria für die wöchentlichen Deep Talks über das schreibende Dasein.

Ich danke meiner Freundin Ann-Sophie, die jederzeit bereit ist, die Cheerleaderin meiner Romanzen zu sein. Und ich danke meiner Freundin Rechelle, die diesen Dank vermutlich liest, während sie als erste Leserin den allerletzten Blick auf dieses Manuskript wirft.

Wenn ich auf diese Veröffentlichung anstoße, greife ich vielleicht zu einem Glas Adelphi Blended Scotch. Guido, ich danke dir dafür, dass du deine Whisky-Expertise mit mir geteilt und meinem Barmann Willi einen Drink für die besonderen Anlässe gesponsert hast.

Dieses Buch könnte nicht erscheinen ohne die finanzielle Unterstützung meiner Steady-Mitglieder. Ich danke allen Funken, Feuerwerken und Kometen, die mich mit monatlichen Beiträgen über diese Plattform supporten. Ihr ahnt nicht, wie wertvoll und schön es ist, als Künstlerin seine Community hinter sich zu wissen. Ganz besonders bedanke ich mich bei: Michaela, Nadine, Maria, Fritz, Waltraud und Ludwig. Ihr seid die Besten!

Ein tiefer Dank geht auch an meinen Ehemann Markus. Für alles, was du in meinen intensiven Schreibphasen erträgst und mitträgst. Für den ganzen Platz, den du meiner Kreativität gibst. Ohne dich wäre ich keine Autorin. Ich freue mich schon darauf, dir dabei zuzusehen, wie du diese Geschichte liest. Kein Anblick ist schöner.

Und zu guter Letzt danke ich DIR. Danke, dass du mein Buch gelesen hast! Danke, dass du unter allen Geschichten meine gewählt hast. Ich hoffe, sie hat dir gefallen und hat dich vielleicht hier und da zum Kichern, Schmachten oder Schniefen gebracht. Wenn du dich gut unterhalten gefühlt hast, teile gern deine Rezension zu meinem Buch in einer Online-Buchhandlung deiner Wahl. Vielleicht riskieren dann auch andere Lesende einen Blick! ;)

Lesetipp

*Eine Rezeptionistin, die nichts lieber täte,
als Geschichten zu erzählen.
Ein Roadie, der ein Rockstar sein könnte.*

*Eine Lovestory für alle, die ihr Licht
zu oft unter den Scheffel stellen.*

Das Licht, in dem wir glänzen
von Phillippa Penn

Überall, wo es Bücher und E-Books gibt!
ISBN: 9783756811410

PHILLIPPA PENN

www.phillippapenn.de
instagram.com/phillippapenn